눈물만큼 자란다면

눈물만큼 자란다면

발행일	2020년 5월 29일		
지은이	주혜나		
펴낸이	손형국		
펴낸곳	(주)북랩		
편집인	선일영	편집	강대건, 최예은, 최승헌, 김경무, 이예지
디자인	이현수, 한수희, 김민하, 김윤주, 허지혜	제작	박기성, 황동현, 구성우, 장홍석
마케팅	김회란, 박진관, 장은별		
출판등록	2004. 12. 1(제2012-000051호)		
주소	서울특별시 금천구 가산디지털 1로 168, 우림라이온스밸리 B동 B113~114호, C동 B101호		
홈페이지	www.book.co.kr		
전화번호	(02)2026-5777	팩스	(02)2026-5747

ISBN   979-11-6539-228-4 03810 (종이책)   979-11-6539-229-1 05810 (전자책)

이 도서의 국립중앙도서관 출판예정도서목록(CIP)은 서지정보유통지원시스템 홈페이지(http://seoji.nl.go.kr)와
국가자료공동목록시스템(http://www.nl.go.kr/kolisnet)에서 이용하실 수 있습니다.
(CIP제어번호: 2020021879)

(주)북랩 성공출판의 파트너

북랩 홈페이지와 패밀리 사이트에서 다양한 출판 솔루션을 만나 보세요!

홈페이지 book.co.kr   •   **블로그** blog.naver.com/essaybook   •   **출판문의** book@book.co.kr

눈물만큼 자란다면

여자의 길에서
엄마의 길로 들어서
방황하고 있는
당신에게

주혜나 에세이

북랩 Book Lab

작가의 말

이른 나이 스물넷, 아무것도 모른 채 결혼해서 어느덧 결혼 12년 차가 되었다. 세월이 흐르는 사이에 두 명이 었던 우리는 다섯이 되었고, 아무것도 없이 시작한 신혼 살림은 10톤 차 분량의 이삿짐이 생길 만큼 많아졌다. 그동안 늘어난 이삿짐만큼 많은 일들이 있었다.

스물다섯에 덜컥 엄마가 되어 맞이한 세상은 당황스럽 기 그지없었고, 그 이후에는 원망의 시간이 꽤 길게 계속 되었다.

모든 화살이 남을 향해 있다 생각했지만 돌아보니 결국 나를 향한 화살들이었다.

원망의 시간들에서 벗어나게 된 계기는 뜻밖에도 다 른 이들의 힘든 삶을 들여다보기 시작한 것이었다.

'아하, 나만 힘든 것이 아니구나. 각자가 모두 힘든 삶을 살고 있구나.' 하는 깨달음은 혼자만 힘든 것 같던 나를 위로해 주었다.

그러면서 '진작 누군가가 내게 삶에 대해 이야기해 주었더라면 이 상황들이 이렇게 힘들게 느껴지지 않을 수도 있었겠구나.'라는 생각을 하게 되었다.

이런 깨달음을 계기로 자신의 상태를 자각하기 시작하고, 자신을 돌봐야겠다는 마음을 가지며 삶의 변화가 일어나기 시작했다.

이 글은 그런 의도로 쓰였다. 지난 12년, 남들보다 조금 일찍 결혼한 이 시대의 평범한 한 여자가 그 시간의 삶을 어떻게 살아왔는지 그저 담담하게 보여주고 싶었다.

그 시간을 이야기하려니 그 여자가 살아온 삶도 빠질 수가 없어 중간중간 성장과정도 들어가게 되었다.

그저 다른 이의 삶을 읽는다는 것, 그것만으로도 때로는 위로가 된다는 것을 다른 이들의 책을 읽으며 경험해 보았기에 나의 이야기도 누군가에게 위로가 되었으면 하는 마음이다. 뼈가 부러져 깁스를 하고 있는 이에겐 어떤 병문안보다도 뼈가 부러진 후 회복된 이의 흉터를 보는 것이 더 위로가 될 때가 있는 법이기 때문이다.

이제 고작 12년 결혼생활을 한 '어린이 엄마'라, 더 많은 시간을 살아오신 분들에게 보이기는 부끄러운 이야기지만, 아직 결혼한 지 얼마 되지 않은 분들께는 멀지 않은 거리를 조금 먼저 걸어간 경험들이 심리적 위안이 되지 않을까 하는 생각도 해 본다.

우선 시부모님에게 감사드린다. 별나고 모자란 며느리 만나 마음고생이 많으신데도 늘 이해하려 애써 주시고, 멋진 아들을 키워서 주신 분들이다. 서로 살아온 시간이 달랐기에 상처를 주고받은 일도 있지만, 나를 진심으로 염려해주시는 분들임을 알고 있기에 그분들에 대한 마음을 문사로 표현하기엔 벅차다. 나긋나긋하고 조신한 며느리가 되어 드리지 못해 죄송한 마음이 늘 한편에 자리 잡고 있지만, 표현은 못 했다. 다만 두 분이 잘 알고 계시리라 믿는다.

　나의 근원인 부모님에게 감사드린다. 어리고 미숙해서 미워하고 원망한 그 모든 시간들에 대해 용서를 구하고 싶다. 남은 모든 시간, 두 분이 건강하고 아름답게 살아가시길 기도한다. 사랑한다고 말하고 싶다.

　늘 엄마를 들었다 놨다, 비행기를 태웠다, 시궁창에 빠뜨렸다 하는 사랑스러운 삼 남매에게 감사를 표한다. 내가 매일 더 나은 사람이 될 수 있게 해주는 존재들이다. 미안하고 사랑하고 고마운 마음이다.

　그리고 글을 마무리하다 보니 한 챕터도 할애하지 않은 나의 남편에게 미안한 마음이 든다. 변명을 하자면 타인이 아니라 나의 반쪽이기에 어쩌면 이 글의 모든 부분에 그가 들어 있다고 말하고 싶다. 15년간 한결같이 그곳에 묵묵히 있는 남편에게 사랑하고 고마운 마음을 전한다.

막 써도 된다고 진심으로 말해 주신 이혜영 선생님과 함께 글 쓴 모든 언니 작가님들에게 감사하다. 일생에 귀한 인연이 되어 주신 분들이다.
　　사실 이 모든 이야기의 진짜 작가인 주님께 감사드린다.

2020년 5월

즉혜나

눈물만큼 자란다면

Contents

왜 아무도
알려주지 않았을까?

연애

   수능시험을 친 지 얼마 지나지 않은 어느 날, 엄마와 함께 주얼리숍에 갔던 기억이 난다. 엄마는 스무 살이 된 기념으로 반지를 선물해 주고 싶다고 했다. 마치 약혼반지같이 생긴, 가운데 자그마한 보석이 박힌 반지를 고른 그날 엄마와 약속을 했다. 스물세 살이 될 때까지는 진지한 관계의 남자친구를 사귀지 않겠노라고. 그땐, 불과 반년 후에 그 반지가 웬 다른 놈의 손가락에 끼워져 있을 줄 예상할 수 없었다.

   대학에 입학한 지 반년쯤 지나 남자친구를 사귀었다는 소식을 들은 엄마는 거의 매일 하던 전화를 며칠간 받지 않으셨지만 속상한 마음을 예상보다 빨리 돌이키시고 얼마 지나지 않아 먼저 전화를 걸어오셨다.

지금 와서 생각해 보니 그것은 엄마가 자식을 못 이겨서가 아니라, 애초의 약속 자체가 지켜지기 힘든 약속이었다는 것을 이미 알고 계셨기 때문인 것 같다. 딸에게 일말의 기대를 거셨던 거겠지만, 또한 자식은 무엇 하나 기대대로 되지 않음을 너무 잘 아셨던 것이겠지.

그렇게 스무 살 여름, 태어나 처음 사랑하는 남자와 연애라는 것을 시작했다. 네 살 많은 그도 연애가 처음이었다. 우리는 불꽃같은 사랑의 시기가 이미 지나간 듯, 처음부터 그렇게 뜨뜻한 연애를 했다. 오죽하면 주변 사람들이 노부부 같다며 놀려 대었을까. 풋풋한 캠퍼스 커플에게 신혼부부도 아니고 노부부라니. 우리 사이는 뜨겁지는 않았지만 늘 따뜻했다.

결혼 준비

그렇게 4년의 연애를 마치고 대학을 졸업하던 해에 결혼을 하게 되었다. '이렇게 결혼해도 되는 것인가?' 하는 고민이 깊었지만, 모든 상황이 결혼에 이르도록 만들어 가는 것 같았다.

대학 졸업 후, 연극을 하겠다며 극단에 가는 바람에 전공과 관련된 직장에도, 대학원에도 들어갈 시기를 놓쳐 버렸다. 당시 남자친구의 어머니였던 지금의 시어머니는 남자친구가 아버지와 함께 일하고 있던 지역에 집을 장만해 두셨다.

갓 대학을 졸업하고, 연극판에서 잠시 굴러 본 것이 경력의 전부였던 나는 수중에 아무것도 없었지만, 집이며 가구, 가전제품을 모두 시부모님이 마련해 주시자

'이렇게 결혼을 하는 건가 보다.' 했다.

당시 스물넷 나이의 나는 시부모님께 매우 감사하고, 미안해하며 결혼 준비를 해 나갔던 기억이 난다. 조용히, 차분히, 오라면 오고, 가라면 가고 착하게 잘 따라다니며 '나의' 결혼 준비를 했다.

그때 친정은 사정이 아주 복잡한 때였다.

친아버지는 내가 아주 어릴 적에 돌아가셨고, 엄마는 젊은 나이에 과부댁이 되어 두 남매가 성인이 될 때까지 혼자 사시다가 자녀들이 장성한 어느 날, 조용히 재혼을 하셨다. 그 후로 우리는 자녀를 가진 두 중년의 재혼이 얼마나 힘들 수 있는지 몸소 체험하는 시간을 겪어야 했고 결혼을 준비하던 시기는 그 어려움 속에서도 특히나 혼란스러운 때였다.

결혼을 한다고 남편감을 데리고 조부모님을 찾아갔을 때, 할아버지는 나의 이른 결혼을 못마땅하게 여기셨지만, 통장에 300만 원을 넣어 주셨다. 내 결혼 자금은 그게 전부였다.

　시부모님은 그때도, 그 이후로도 한 번도 빈손으로 시집온 며느리에게 타박 비슷한 말씀조차 하신 적이 없다. 그러나 나의 결혼을 뒤돌아보면 늘 아쉬움이 남는다.

　물질적으로 내가 원하는 가구와 가전을 사지 못하고 꿈에 그리던 방식의 결혼식을 올리지 못한 것이나 재정적 기반과 사회적 기반을 전혀 만들지 못한 채 결혼을 했다는 것과 같은 흔한 기혼자의 아쉬움도 물론 있었다.
　그러나 내게 남아 계속해서 나를 힘들게 한 아쉬움, 또는 원망은 그보다 좀 더 사소하지만 근본적인 것이었다.

원망의 조각들

　남자친구 집에서 우리 집에 추석 선물을 보냈는데 새아버지가 이게 뭐냐며 발로 차 버렸다. 결혼을 한다고 남자친구와 차려입고 인사를 하러 갔는데 새아버지가 집에 못 들어오게 해서 읍내 치킨 집에서 엄마를 만났다. 상견례를 하려고 예약한 식당이 한정식 식당인 줄 알았는데 가 보니 그냥 한식이 나오는 보통 밥집이었다. 우리는 된장찌개 냄새를 맡으며 다른 손님들이 옆에서 밥 먹는 곳에서 상견례를 했다.

　청첩장을 찍는데 내 것만 세 가지 버전을 찍었다. 하나는 엄마와 내 이름만 있었고, 하나는 엄마와 새아버지와 내 이름이 있었고, 하나는 엄마와 새아버지의 이름과 성이 붙어 있는 내 이름이 있었다. 기껏 혼자 고민해 만든 청첩장을 들고 할아버지를 찾아뵈러 갔을

왜 아무도 알려주지 않았을까?

때, 할아버지는 노발대발하셨고 엄마는 내 결혼식에
오지 않겠노라고 말했다.

새아버지를 한 번도 만나본 적이 없는 나의 친가 식
구들은 예식장 앞에서 새아버지를 향해 언성을 높이고
예식장 앞에 서서 안으로 들어오지도 않았고, 축의금
은 따로 모아 나에게 직접 전해 주었다.

결혼식 후 폐백을 하는데 폐백상에 차려진 음식은
초라하기 짝이 없었고, 그곳에 김씨 성이 아닌 사람은
나, 단 한 사람밖에 없었다.

긴 폐백을 마치고 올라가니 신부 측 손님들은 얼굴
도 한 번 못보고 이미 다 돌아가 버리고 없었다.

친구들이 준 축의금으로 마련한 신혼여행 경비는 40
만 원이 전부였다. 돈을 아끼려고 배를 타고 제주도로
신혼여행을 떠났다. 3박 4일 신혼여행 중 이틀은 배 타
는 데 썼고, 셋째 날부터는 빨리 일터로 복귀하라는 시
어머니의 전화 독촉이 몇 번이나 계속되었다.

마지막 날 밤 신혼여행지에서 나는 심한 복통을 느

끼며 하혈을 했고, 배를 타고 긴 시간 동안 계속 복통에 시달리며 돌아왔다. 신랑은 나를 산부인과 앞에 혼자 내려두고 일터로 가 버렸다. 의사는 스트레스성 출혈이라고 했다.

그렇게 긴 결혼식이 끝나고 불과 한 달 뒤, 삶에 대해 고민해 볼 여유도 없이 아이가 생겼다.

원망의 근원

결혼 후 한동안 다른 사람의 결혼식에 가면 주책없게 그렇게 눈물이 나왔다. 그리고 지금은 눈물이 거의 나지 않는 것이 좀 문제가 아닐까 싶은 상황이 되었다.

모두에게 이렇게 삶이 쉽지 않은 걸까. 다른 이들도 이렇게 결혼을 시작하는 걸까. 다들 말하고 있지 않아서 그렇지 말을 시작하면 사연이 없는 사람이 있을까. 아니면 나의 경우는 특별히 좀 더 서럽게 시작한 것일까.

어쩌면 나에게는 그렇게 결혼에 대해, 결혼 후 삶에 대해 진지하게 이야기해 줄 사람이 단 한 사람도 없었을까. 고작 스물넷이었는데, 내가 너무나 어른스럽게 보였던 탓일까.

왜 아무도 알려주지 않았을까?

이런 원망을 품고 사는 것이 어렵게 느껴졌던 이유는 원망스럽지만 생각해 보면 딱히 누구도 원망의 대상이 될 수 없다는 사실 때문이었다. 내 잘못도 아니지만, 또 누군가의 잘못이라 할 수도 없었다. 각자가 모두 그 상황에 그 나름의 이유가 있었다.

10년이 넘는 시간을 지나며 어느 정도 마음의 정리가 되었지만, 마지막까지 정리되지 않는 한 가지 근본적인 원망이 있었다.

왜 아무도 나에게 '네가 가장 중요하다. 그 모든 결정 속에 가장 중요한 것은 너다. 너의 인생이고, 너의 결정이다. 저들에게 미안한 것은 그다음 문제이고 첫째로 중요한 것은 결국 너, 너의 마음이다.' 하는 것을 알려 주지 않았을까. 왜 그동안 나는 이런 나의 마음조차 미처 헤아리지 못하고 살았을까?

제주행을 택한 후 나를 들여다보고, 나를 챙기려 노

력했다. 쉽지 않았다. 내가 나를 돌보고 나를 챙기는 것이 이토록 어렵다는 것을 깨닫는 시간이었다. 30년이 넘는 지난 시간 동안의 삶의 습관, '네가 괜찮으면 나도 괜찮다.'라고 여겨왔던 그 습관은 쉽게 사라지지 않았다.

자각

제주에 온 지 몇 개월 지나지 않았던 어느 날.

그동안 한 번도 해 보지 않았던 생각을 했다. 어쩌면 한 번도 해 본 적이 없는 것이 더 이상해서 한참을 울었다.

'아빠가 보고 싶다.'

내가 아주 어릴 적에 평균대 위에 나란히 앉아 「아기 자동차」노래를 불러 주던 아빠. 아빠가 계셨다면 좀 달라졌을까. '애야, 무엇보다 네가 가장 중요하다. 그 모든 결정 앞에 네 마음이 가장 중요한 것이다. 너는 사랑하는 내 딸이다.' 하고 말해 주셨을까?

세상 모든 아빠가 그런 위로를 하는 따뜻함을 가진
것이 아니라는 것을 안다. 나의 아빠도 그런 따뜻한 부
류가 아니었을 가능성이 많다는 사실도 잘 알지만, 실
상을 알 수 없는 부재중인 아빠에게 괜히 한번 기대 보
고 싶었다.

　　아빠가 보고 싶었던 그날, 그렇게 싱크대 앞에 서서
물소리에 묻힌 채 아이들을 등지고 한동안 소리를 삼
키며 눈물을 쏟았다.

엄마라는
세상의 시작

첫 임신

결혼이 뭔지도 몰랐고, 지금 돌아보면 서럽지만, 그 땐 알콩달콩 재미있다고 시작한 신혼생활이 채 한 달도 지나지 않아 첫아이가 덜컥 생겼다. 고작 스물넷, 여름이 막 시작되려던 6월이었다.

그해 2월에 학교를 졸업했기에 아직 같은 과 동기들과 연락이 활발히 닿을 때였고, 7월에 동기들과 함께 미국 동부 지역과 코넬대학교에 유기농업 탐방을 다녀오기로 계획되어 있었다. 스물두 살에 미국 펜실베이니아주에 있는 유기농업연구센터를 인턴으로 다녀온 경험이 있어서 당시 몸이 좋지 않으신 교수님 대신 동행하기로 한 일이었다. 개인적으로는 미국에 가서 대학원 과정을 알아보고 지도교수님을 찾아보려 생각하고 있었다.

그렇게 티켓팅을 하고 여권도 다시 만들며 여정을 준비하고 있던 그때, 첫아이가 생겼음을 알았다.

얼마간 고민의 시간이 있었지만 곧 미국행을 포기하는 결정을 했다. 그땐 그 기회를 끝으로 내게 얼마만큼의 기회의 부재가 생길지 전혀 예상할 수 없었기에 포기는 생각보다 어렵지 않았다.

지금 생각해 보면 그때 엄마의 삶이 어떤 것인지 조금이라도 알았더라면 조금 무리를 해서라도 계획대로 해 나갔을 것 같다. 하지만 당시에는 내게 온 기회보다 임신 초기에 취해야 한다는 안정이 더 중요하다고 생각했다. 건강이 나쁜 편도, 나이가 많은 것도 아니었는데 무엇이 그리 염려되었을까. 첫아이는 모두 그렇듯, 나도 어찌할 바를 몰랐었다.

나도 그랬었다. 누군가 엄마가 되는 게 무엇인지, 앞으로 삶이 어떻게 변할지 알려 주었더라면 그때 좀 더 용감한 선택을 할 수 있었을까.

전화로 친정엄마와 할머니에게 임신 소식을 알렸을 때, 잔뜩 들뜬 나와는 달리 엄마는 꽤 오랫동안 말이 없으셨고, 할머니는 야단을 치셨다. 짐짓 서운했지만, 내 들뜬 마음이 너무 커 그분들의 마음에 신경 쓸 겨를이 없었다.

지금은 엄마의 마음이 그대로 이해가 된다. 나의 딸들이 자라면 몇 번은 진지하게 꼭 알려주고 싶다. 결혼이라는 게 무엇인지, 엄마가 된다는 것이 무엇인지.

일찍 결혼하고 일찍 엄마가 된다는 것은 장점이 많기도 하지만, 그것이 어떤 삶인지는 반드시 알고 시작해야 한다고 생각한다. 비록 이론일지라도.

기뻐한 건 시댁뿐이었던 것 같다. 그런 시부모님이 내 마음을 알아준다고 기뻐했으니 그땐 나도 얼마나 어렸는지.

그러나 나랑 단둘이 있을 때 시어머니는 딱 잘라 말씀하셨다.

"애는 못 봐준다. 네 애는 네가 키워라."

결혼 전, 내가 공부에 마음이 있는 것을 아시고 학업을 계속 할 수 있게 도와주실 것처럼 이야기했던 분이었는데, 시어머니께 받은 첫 번째 충격이었다.

시간이 점점 지나가며, 배 속에 아이가 조금씩 자라며 엄마의 삶을 실감하기 시작했다. 치열하고 바쁜 매일을 살아내며, 무대에서 열정적으로 에너지를 쏟는 일을 사랑하고, 배우는 것에 몰두하기를 좋아하여 허투루 빈둥대는 시간은 용납하지 못했던 나. 나는 그대로였지만 배 속에 아이가 자라고 있었다. 시간과 에너지는 있지만 새로운 일을 시작할 수는 없었다.

대학생활 내내 방학마다 연극을 하고, 짬짬이 알바로 생활비를 벌며, 점심 먹을 시간도 없이 바쁘게, 그러나 즐겁게 수업을 듣고 온 캠퍼스를 누비던 나의 에너지는 그대로인데, 불과 한 달여 만에 원하는 어떤 것도 할 수 없어 집에서 취미로 태교거리만 만지작거려야 하는 상황이 되어 버린 것이다.

그것이 엄마가 되는 길고 긴 인내의 첫걸음이라는

것을 그때는 알지 못했다.

그간 사용해 오던 에너지가 나갈 길을 잃어 채고 채여 폭발할 것 같은 나날이었다. 매일 이 아이만 낳고 나면 하고 싶은 일들을 다하겠노라고, 할 일을 서칭하느라 임신 기간을 다 보냈다. 주변 가까이에서 아이를 양육하는 모습을 지켜볼 일이 없었던 나는 그때만 해도 아이만 낳고 나면 예전과 똑같아질 줄 알았다.

그 와중에 오빠는 사법고시 공부를 하겠다고 갓 결혼한 동생의 집에 함께 살고 있었다. 머리가 좋아 법대를 나온 오빠는 사법고시를 준비하려 했지만 엄마는 오빠를 데리고 있을 상황이 못 되었다. 오빠 혼자 자취하며 사법고시를 준비하는 것은 불가능해 보였기에 우리 집에 방이 하나 남는다는 이유로 오빠를 신혼집으로 불렀다. 그런데 정작 함께 살 때는 오빠에게 잘해주지 못했다.

어릴 적부터 착했던 오빠는 내게 답답함의 대상이었으므로, 내 임신 중의 답답함에 오빠를 바라봐야 하는

답답함까지 더해져서 어쩌다 한 번씩 다정히 말을 건
네는 오빠에게 다정하게 마주 답해 주지 못했다. 지금
도 그 일은 미안함으로 내 안에 남아 있다.

첫 출산

이렇게 태교를 엉망으로 해서일까. 첫아이는 어쩌면
그렇게 많이 울고, 울고, 또 울던지. 아이의 예민함은
서툰 엄마가 감당하기에는 정도가 심했다.

당시에도 여전히 복잡한 상황 속에 있던 친정엄마
는 당연히 산후조리를 해 줄 수 없었고, 조리원에 들
어갈 돈도 없었기에 자연스레 시어머니 댁에서 몸조리
를 했다.

시어머니는 당시 일을 하고 계셨는데, 아침 차려주고
나가서서 퇴근 후 저녁에 아이 목욕 시키고, 빨래 돌리
고 저녁 주시는 것이 몸조리였다. 바쁜 시어머니께서
해 주실 수 있었던 최대한의 배려였고, 감사한 마음으
로 몸조리 기간을 보냈다.

그러나 아이를 혼자 돌보는 일은 갓 아이를 낳은 산

모에게는 참으로 힘든 일이었다. 낮에도, 밤에도 한없이 울고 우는 아이를 안고 아무도 없는 시댁에서 홀로 온종일 서성이며 아이를 달랬다. 아는 동요가 없어서 겨우 생각이 나는 동요 「작은 별」과 「뽀뽀뽀」를 수천 번을 불렀다. 그렇게 혼자 하루를 고군분투하고 나면, 일하고 돌아오신 어머님이 고단함에 툭툭 짜증 섞인 말을 뱉으셨다.

"종일 집에 있으면서 방에 걸레 한번 안 훔치고 있냐."

별 뜻 없이 하신 말씀이실 텐데, 그 모든 말이 마음에 박혔다.

당시 시할머니가 갑자기 암 진단을 받은 터라 어머님은 며느리 몸조리에 예상하지 못한 시어머니 병간호까지 해내야 해서 몸이 지치고 힘드셨다. 하지만 머리와 마음은 같이 움직이지 않는 법이라 그때의 서운함은 두고두고 미련하게 내 안에 남아 있었다.

산후 호르몬이 폭발해서일까. 신랑이 퇴근하고 돌아

와 아이를 안아주면 겨우 잠깐 쉴 수 있던 나는 도망칠 곳이 그곳밖에 없는 듯, 화장실로 들어가 샤워를 한다며 뜨거운 물줄기 아래에서 한참을 울고 또 울었다. 왜 서러운지도 모르고 꺼이꺼이 나오는 울음을 삼키며 자신을 '참 모성이 없는 못된 사람'이라고 생각했다.

어린 날, 엄마는 종종 원하는 것을 정확히 요구하는 내게 '참 못됐다. 어쩌면 저렇게 자기밖에 모르는지.'라는 말을 하곤 하셨다.

엄마가 된 지금은 홀로 두 아이를 키우는 젊은 과부댁의 우여곡절 속에서 자신의 요구를 한 치도 양보하지 않는 자식을 향해 불쑥 나온 서운함의 말이라는 것이 이해되지만, 당시에는 엄마의 그런 말들이 마음에 박혀 스스로를 죄책감에 젖게 만들었다. 그런 죄책감은 어른이 된 이후에도 한참이나 나를 따라다니며 괴롭혔다.

'저밖에 모르는 참 못된 사람.'

샤워기 아래에서 물을 맞으며 그런 엄마라도 사무치게 보고 싶었지만, 지금까지 그래 왔듯 그때도 엄마는 보이지만 잡을 수 없는 늘 목마른 대상일 뿐이었다.

왜 엄마는 늘 그런 자리에 있는지, 눈앞에 있으면서 만질 수는 없는, 와락 달려가 안길 수 있는 거리에 있으면서도 그럴 수 없는 자리에 있는 건지, 보고 싶은 마음과 함께 차라리 없는 편이 나았겠다는 원망이 올라왔다.

출산 후, 한 번도 만난 적 없는 세상이 눈앞에 조금씩 펼쳐지고 있었다. 내가 사는 지구라는 세상 아래 이런 세상이 있을 줄이야. 불과 1년 전까지는 존재하는지도 몰랐던 엄마라는 세상의 시작. 그 세상의 문을 연 아이는 너무 사랑스러웠지만, 너무 힘겨웠다.

엄마라는 세상의 시작

첫 아이

누구에게나 첫아이는 힘들고, 엄마에게 순한 아이란 없다는 것이 정설이다. 그러나 아이를 셋이나 키운 지금 돌아봐도 첫째는 좀처럼 다루기 힘든 아이였다.

그 이유 중 하나가 배고픔이었다는 것을 둘째를 낳고서야 겨우 깨달을 수 있었다. 나의 유두가 남들보다 짧다는 것, 그래서 아이가 빨기 쉽지 않은 유두라는 것, 아이가 잘 빨지 못하면 젖이 뭉치고, 염증이 생기고, 몸서리치게 아프고, 약을 먹어 달래고 나면 젖이 절반으로 줄어든다는 것, 그 사실을 그때는 몰랐다.

젖을 물리기 전, 이십대 초반의 내 가슴은 몸매를 더욱 돋보이게 하고, 신랑을 즐겁게 해 주는 정도의 역할이었지, 누군가를 먹여 살리는 역할이라는 것을 생각이나 해 보았겠나.

지금처럼 스마트폰이 있어 정보라도 쉽게 검색할 수 있었더라면 나았을 것을, 그때만 해도 스마트폰이 흔하지 않아서 주변에 지인이 없는 이상 육아 정보를 얻는 일은 쉽지 않았다.

뭘 잘 모르는 초보 엄마는 그렇게 아이의 배를 푹 채워 주지 못하고 나오지 않는 젖을 물리느라 체액까지 다 빠져나갈 것 같았다. 힘들어 젖병을 물리면 녀석은 간신히 배가 주리지 않을 정도로만 먹었다.

아이는 잠도 없었다. 안아주지 않으면 자지 않고 내려놓으면 곧 깨 버렸다. 겨우겨우 낮잠을 재워 놓으면 문 닫는 작은 소리에 깨서 울었고, 헤어드라이어 바람 소리에 안정을 찾는 모습을 보여서 드라이어를 계속 틀어 놓느라 멀쩡한 드라이어를 몇 대나 망가트리기도 했다. 그것이 백색 소음이라는 것도 둘째를 낳을 무렵에나 알게 되었다. 그땐 나도 서툴고 세상도 지금보다 서툴렀다. 아이가 없어도 삶이 서툴렀을 스물다섯에 엄마가 되었으니 모든 것이 쉽지 않았다.

　돌이 지나 젖을 뗄 때까지 아이는 매일 밤 30분에 한 번씩 깨어 젖을 찾았다. 젖을 물고 잠이 들고, 젖을 빼면 잠이 깨어 울고, 또 젖을 물고, 그렇게 무한 반복 젖 물리기를 1년여간 매일 밤 버텨 냈다. 10시간을 자도 잠이 모자랐다. 지금 돌아봐도 다시는 못할 짓이다.

　너무 힘든 나머지 아이를 침대 위에 툭 던져버린 날도 있었다. 정말 미쳐가는 게 어떤 건지 실감할 수 있었기에 나는 임신 전보다 더 마른 몸이 되어 갔다.

　하루는 2시간가량을 아이와 씨름하다가 겨우 잠을 재우고 나도 이제 자려고 돌아누웠는데 방금 잠든 아이와 똑같은 얼굴로 코를 골며 꿀잠을 자고 있는 신랑 얼굴이 눈앞에 있었다. 그때의 오묘한 감정이란 말로 설명하기가 어렵다.

아이를 침대에 던졌던 밤, 아이와 똑같은 얼굴로 꿀잠을 자는 신랑의 얼굴을 코앞에서 마주한 밤, 그 두 밤의 기억이 얼마나 뇌리에 깊이 박혔던지 지금도 두고 두고 기억이 난다.

첫 결혼생활

매일 그런 익숙지 않은 삶을 아이와 고군분투하며 살아갈 때, 신랑은 일이 너무 바빴다. 아침 일곱 시 반이면 나가서 저녁 열 시가 되어야 들어오고, 토요일도 일을 다니고, 일요일에는 함께 교회에 갔다가 종종 친구 결혼식에 가야 한다는 등의 일들로 말리는 나를 뒤로하고 집을 비웠다.

잔업 근무로 늦는 신랑을 기다리며 계속 칭얼대는 아이를 아기 띠로 안고 하염없이 걸어 다닌 그 아파트 옆의 가로등 비치는 골목길, 스물다섯의 그 골목길들은 평생 잊지 않을 것 같다.

연고라고는 시부모님과 남편밖에 없는 낯선 땅, 그 밤의 기억들이 내 안에 10년을 살아도 그곳은 내 집이 아닌 것 같은 이물감을 만들어 냈고 결국 그곳을 떠나게 만들었다.

그때 남편과 정말 많이 싸웠다. 서로 사랑해서 결혼했는데 왜 이렇게 싸워야 하는지 그게 속상해서 더 싸웠다. 삶이 하나로 합쳐진다는 것이 어떤 것인지 몰랐던 어린 부부는 4년이란 연애 기간 동안 한 번도 보지 못한 서로의 밑바닥을 보여주며 싸우고, 울고, 화해하고, 같이 라면 끓여 먹기를 반복했다.

짐 가방을 수도 없이 쌌다. 아이는 두고 갈 수 없으니 가방에 아기 기저귀를 제일 먼저 싸다가 지금 상황이 하도 기가 차고 서러워서 펑펑 울고, 막상 가방을 싸도 갈 데가 없어서 펑펑 울고, 낮에는 아기 재롱을 보고 웃고, 밤에는 혼자 옷방에 들어가 우는 날들이 많았다.

신랑은 마치 내게 새장처럼 느껴졌다. 하늘을 훨훨 날던 자유로운 새가 새장을 만나 그것이 사랑이라 여기고 결혼을 했는데, 새장은 생각보다 많이 갑갑했다.

그렇지만 지금은 새장을 나갈 수도 없는 상황이 되었다. 새는 새장에게 화를 냈다. 당신은 왜 하늘이 아니냐고, 왜 하늘이 되어 주지 못하냐고. 하늘이 되어 줄 수 없으면 이리 와서 새끼라도 돌보라고, 왜 그곳에서 창살만 둘러치고 가만히 있기만 하냐고. 나는 좀 더 날고 싶다고.

서로 최선을 다해 살았고, 최고로 노력하고 있었으나, 서로 있는 그대로 볼 수 없어서, 참 힘든 시간이었다.

첫 선물

그 모든 과정 속에 첫째 아이가 있었다. 그래서 아이가 더 울고, 예민했는지도 모르겠다. 아이가 할 수 있는 일이 우는 것밖에 없어서, 그 불안함의 공기를 견딜 힘이 없는 아이는 울음으로 말했을 것이다.

지금 그 첫째 아이가 열한 살이다. 여전히 엄마만 볼 수 있는 예민한 구석을 가지고 있지만, 밖에서 볼 땐 둥글둥글해서 능글맞아 보이기까지 하는 애어른 같은 어린이로 건강히 잘 자라고 있다.

첫아이는 늘 미숙한 엄마를 마주하느라 고생이 많지만 그만큼 엄마와 수많은 에피소드를 공유하고 있다. 문득 이런 생각이 드는 날이 있었다.

'너만큼 나를 잘 아는 사람이 또 있을까? 심지어 남편보다도. 세상을 통틀어 나의 본성을 가장 잘 아는 사람은 어쩌면 너구나. 어쩌면 네가 아니었으면 아직도 모르고 살아갈 세상이 지금 내가 사는 이 세상이구나.'

내가 받은 가장 큰 선물이자 평생 내가 풀어가야 할 삶의 숙제인 첫아이. 내 삶의 방향을 통째로 바꾼 녀석. 녀석은 오늘도 나를 웃게 하고, 화나게 하고, 뿌듯하게 하고, 반성하게 하며 매일 나와 함께 자라고 있다.

정말 그렇다. 녀석은 지금도 매일 나를 더 나은 사람으로 자라나게 해 주고 있다.

넌 정말 축복 그 자체였구나. 선물로 와 주어 참 고맙고 숙제로 여기고 살아 참 미안하다. 나의 첫아이야.

자발적 고립

목포

전라남도 목포, 신혼생활을 시작하고 제주에 오기 전까지 10년을 살며 세 아이를 낳은 곳이다. 인생에 굵직한 한 획이 그어진 공간이지만, 결혼하기 전까지는 어디에 있는지 위치도 미처 모르던 곳이었다.

신랑의 고향이라면 연애 시절 목포라는 곳에 관심이라도 두어 보았겠지만, 이곳은 신랑의 고향도 아니다. 시부모님께서는 두 분 다 전라남도 목포 가까이 있는 도시들이 고향이긴 하지만, 두 분 다 성인이 되실 때쯤 경상남도로 가서서 삶의 터전을 마련하셨다. 그곳에서 30년가량을 살며 경상남도 사투리를 쓰셨기 때문에 전라남도 분이라 보기는 어려웠다.

연애 때도 신랑의 고향은 울산이었고 연애 시절 부모님께 몇 번 인사를 드릴 때도 늘 울산에서 뵈었기에 목

포에서 신혼살림을 차릴 줄은 이전에 한 번도 생각해
보지 못한 일이었다.

  목포에서 신혼살림을 차리게 된 이유는, 결혼하기 한
두 해 전 아직 연인이었던 학생 시절 시부모님께서 울
산에서 하시던 사업을 목포로 이전하셨기 때문이었다.
당시 남자친구는 부산에서 직장을 구해 회사에 다니고
있을 때라 목포로 이전하셨다는 소식만 듣고 그런가
보다 하고만 있었다. 그런데 사업을 이전하고 1년쯤 되
었을 때, 시부모님께서는 남자친구를 목포로 부르셨다.
그때부터 남편은 아버지 회사가 있는 목포에서 살게 되
었고 1년쯤 지난 후 목포에서 결혼식을 올리고 그곳에
서 함께하는 삶을 시작하게 된 것이다.

  자신의 내일이 어떻게 될지 모른다는 사실, 삶이라
는 것이 어렵지만 한편으로 재미있다고 느낄 수 있는
이유가 여기에 있지 않나 싶다. 대학 졸업 때까지 경상
남도에만 살았던 사람들이 전라남도에 신접살림을 차

리게 되고, 유학의 세계가 열릴 것이라고 예상했는데 한순간 엄마의 세계로 발을 들이게 되고, 영화나 노래 제목에서만 듣던 '목포'라는 이름의 도시가 내 아이들의 고향이 될 줄이야. 이 모든 과정은 언제 한 번 상상으로도 그려본 적이 없었지만, 어느 순간 나의 삶의 여정이 되어 있었다.

처음 결혼 이야기가 나오고 시부모님을 뵈러 버스를 타고 목포에 가는 길, 광주 터미널에 내려 버스를 갈아 탔던 때가 지금도 기억이 난다. 사람들의 말투가 어찌나 살벌하게 들리던지. 영화에서 어깨 좀 있는 이들이 쓰는 말이 죄다 전라남도 사투리여서일까. 괜히 사람들이 무서워 보이기도 하고, 영화 속 세상에 들어와 있는 것 같은 느낌에 혼자서 피식 웃었다.

그때만 해도, 원하는 대로 훨훨 날던 자유로운 새와 같은 신분이었으니 목포든 어디든 별로 상관이 없다고 생각했다. 타국에서도 별 소외감 없이 잘 지냈는데 한

국이야 어디서든 잘 살아낼 수 있으리라는 자신감이
넘치던 때였다. 그러나 새장 안의 새는 다른 법이다.

목포는 이처럼 내게 시작부터 낯선 동네였다. 친척도
친구도 하나 없고, 누구 하나 찾아오려면 거리는 왜 그
리 먼지. 가끔 찾아와 주는 친구들이 너무나 반갑고 고
마웠지만, 너무 멀어 미안함에 자주 오라는 말을 차마
할 수 없었다.

사회생활

어린 시절을 돌아보면, 나는 그룹 활동에는 소질이 없는 사람이었다. 마음이 통하지 않는다는 생각이 들면 좀처럼 관계를 지속해 나가지 못했다. 의미가 있는 시간을 보내지 못한다고 느끼는 모임들은 그곳에 있는 자체가 피곤하게 느껴질 뿐이었다. 그곳에 있는 이들을 무시하는 마음이 있어서가 아니라 그 무리 속에 편안하게 끼어 있지 못하는 내가 이상하게 느껴지는 불편함이었다.

대신 몇몇 소수의 친구들을 깊이 사귀었다. 그런 친구들은 눈에서 멀어져도, 거의 연락을 안 하고 살아도, 몇 년에 한 번 겨우 얼굴을 보아도, 며칠 전에 만나고 헤어진 친구들 같다.

자발적 고립

목포에서 살게 된 이후로 친구를 사귀려 몇 번 노력을 해 보았다. 목포에서 유명한 맘카페 모임에 나가보기도 하고, 첫아이와 같은 해에 태어난 백호띠 아이 모임에도 참여해 보고, 문화센터 강좌들도 다녀 보았다. 그러나 마음을 나눌 사람을 찾는 일은 쉽지 않았다. 어쩌다 맺어지는 인연들은 결국 상업적인 관계로 얽이게 되는 데 대해 실망감도 컸다. 열 손가락에 꼽힐 정도의 시도 끝에 모임에 나가서 친구를 찾는 노력은 그만두기로 했다.

시어머니는 연애 때부터 내게 "딸처럼 여기고 싶다. 엄마라고 생각해라." 하는 말씀을 종종 하셨다. 많은 시어머니가 며느리에게 하는 말씀일 것이다.

처음 시집가서는 그 말씀 곧이곧대로 믿고 딸처럼 굴었다. 친정이 복잡할 때라 나도 기댈 곳이 필요했던 터였다.

"공부를 더 하고 싶은데 둘째는 좀 더 있다가 낳아야

겠어요."

"이런 일이 하고 싶은데 어머니 생각은 어떠세요?"

"어머니, 남편이 자꾸 힘들게 하네요."

그러나 어머님의 마음은 말씀처럼 여유롭지 않았다. 엄마처럼 생각하고 딸처럼 조잘거린 일들이 후에 큰 상처가 되어 마음에 남는 일들을 몇 번 겪었다. 그러다 보니 나도 어느샌가 보이지 않는 선을 그어 두고, 최대한 말을 아끼는 며느리가 되어 갔다. 좀 더 용감하거나, 천진난만하거나, 당차거나, 아니면 능구렁이 같은 며느리였더라면 좋았을 텐데.

돌아보면, 어머님도 나도 비슷한 마음 크기를 가져 서로 더 내어 줄 마음의 자리가 없었던 것 같다. 사랑은 더 많이 버리는 것이라 했는데, 서로 자신의 것을 조금도 버릴 마음이 없었던 것이다.

마지막 남은 것은 교회였다. 그나마 교회에서 만나는 관계가 목포 생활 10년 동안 내가 가진 유일한 소통

창구였다. 그러나 교회에서 만난 인연은 마음을 나누기에 오히려 한계가 생기는 아이러니를 가지고 있다. 성경적인 교회의 모습은 그렇지 않지만, 오늘날 현대의 교회들은 슬프게도 성도 사이의 교제가 그리 깊어지지 못한다. 그곳에도 더 많이 버리고자 하는 사람이 없기 때문일 것이다.

사회에서 친구를 사귀는 일에 마음을 접고, 시댁과 소통할 수 있다는 희망을 접고, 어느 정도의 선 이상으로 나아가지 못하는 교회에서의 관계만을 유지하며 살다 보니 삶이 점점 고립되어 갔다.

그 영향은 아이들에게도 미쳤다. 제주행을 결심했을 때, 아이들은 "나는 죽을 때까지 목포에서만 살 거야!"라고 울며 떼를 썼다. 목포에서 쭉 다닌 어린이집도 교회 안에 있었기에 아이들이 아는 세상은 할아버지 댁, 우리 집, 학교, 교회뿐이었다. 우리가 살아오던 그 공간, 그 외의 것들에 대해 경험해 본 적이 없기에 아이들은 불안했던 것이다.

자발적

지금의 나는 그 시간을 '자발적' 고립의 시간이었다고 말한다. 타인을 원망하는 마음이 가득했던 때였다. 그래서 지금 그 시간이 자발적 고립이었다는 사실을 알게 되었다는 것은 큰 깨달음이다. 자발적이라 말함은 모든 상황이 타의에 의해서가 아니라 자의에 의해 일어났다고 인정하는 것이기 때문이다.

세상 모든 것이 사실은 나의 마음먹기에 달려 있다. 그때도 조금 더 마음을 열었더라면, 나의 마음에 조금 더 여유가 있었다면 충분히 소통의 시간을 가질 수 있었을 것이다. 그러나 내 마음은 그럴 여유와 내 것을 더 버릴 용기가 전혀 없었다.

결혼과 출산으로 인한 갑작스러운 삶의 변화에 잔뜩 움츠러들었던 것 같다. 그동안 어디서도 경험해 보지 못한 결혼 후 세상이 내게 두려움으로 다가왔다. 새끼를 낳으면 굴 깊은 곳에 숨어 도움의 손길에도 이빨을 드러내는 겁 많은 짐승처럼, 그렇게 움츠러들어 세상 모든 것이 내 편이 아닌 것 같은 시간들을 보냈다.

고립에서 얻은 것들

제주에 온 이후로, 10년간 잊고 살았던 나의 모습을 다시 찾고 있다. 사실 나는 사람들과 소통하는 일을 매우 좋아하는 사람이었다. 사람을 만나고, 마음을 나누며, 소통한다는 것은 적지 않은 에너지가 필요한 일이지만 또한 그 속에서 에너지를 받기도 하는 일이다. 그런 에너지의 흐름을 사랑하는 사람이었고, 지금도 여전히 그렇다.

모든 시간은 단점들로만 채워지지 않는다. 한 가지를 잃으면 반드시 한 가지를 얻는 법이고, 한 가지를 얻으면 반드시 한 가지는 잃게 된다.

자발적 고립의 시간이 내게 몇 가지를 잃게 했다면,

또한 몇 가지 유익함을 허락했음을 깨닫고 있다.

사람과의 관계에서 10년의 공백 기간이 지나고 다시 사람들을 만나는 요즘, 사람을 대하는 태도와 말투에서 달라진 내 모습을 많이 본다.

에너지와 자신감이 넘치던 20대의 나는 마음에 있는 것을 입으로 가져올 때 거치는 필터가 성글었다. 하고 싶은 말도 많고, 받아 줄 대상도 많았던 그때, 굵은 입자의 날카로운 말들이 툭툭 터져 나와 상대의 마음을 가격하며 은근한 상처를 많이도 남겼다. 돌아보면 참으로 미안한 사람들이 많다.

진실하지 못한 말들도 많이 했다. 내 속마음과 다른 이야기, 분위기에 맞는 이야기, 화젯거리가 될 만한 이야기를 쏟아놓으면 재미는 있었지만 돌아와서 보면 허한 마음뿐이었다. 내 마음이 편하면 상대가 불편해지고, 상대가 편하면 내 마음이 불편한 미완성의 대화들이 많았다.

반면 요즘은 마음에서 입으로 가는 필터가 많이 촘촘해졌음을 느낀다. 대화가 시작되는 나의 마음이 한결 부드러워져서 더 느리고, 더 가는 입자의 말들이 상대의 마음에 스며드는 것을 본다. 내 마음도 편안하면서 상대의 마음도 편안할 수 있는 대화 방법을 체득하고 있다는 생각을 한다.

적은 수의 말이라도, 진실한 말들을 나눌 수 있게 되고, 좀 더 밀도 높은 완성된 대화들을 나누게 된다.

어쩌면 자발적 고립의 시간 동안 나는 나와 무수히 대화를 나누었는지도 모르겠다. 처음에는 자신에게 상처를 주었지만, 시간이 가며 자신을 불쌍히 볼 줄 알게 되었고, 조금 더 지나 자신의 요구도 무시하지 않고 돌볼 수 있게 된 것 같다.

궁극적으로 남을 대하는 방식이 곧 나를 대하는 방식이라 했다. 아직 나는 사랑의 단계까지 가지는 못해 자신을 사랑한다고 말하지는 못하겠다. 나의 아이를 돌보듯 나를 돌보는 정도의 단계까지만 와 있다. 하지만 이 사실을 자각할 수 있다는 것, 그것이 희망이라 생각한다.

고립당한 것이 타인에 의해서가 아니라는 것을 깨닫는다면 고립에서 벗어나는 것도 타인에 의해 이루어지지 않는다는 것을 알게 된다.

그 고립 안에서 나와 무언의 대화가 끝없이 오가다 보면 그 시간 속에서 잃은 것들만큼 몇 가지 얻게 된 것을 손에 쥐고 고립의 시간이 끝나는 날을 맞게 된다.

꿈꾸는 것이
죄스러운 때

꿈의 계보

　살면서 한순간도 '하고 싶은 것이 없어.'라고 느낀 적이 없었다. 매일 매시간 나는 늘 하고 싶은 일들이 있었다. 작게는 얼만큼 자고 싶은지, 무엇이 먹고 싶은지, 어디에 가고 싶은지부터 크게는 무엇을 하고 싶은지, 무엇이 되고 싶은지, 어떻게 살고 싶은지, 늘 원하는 것들이 있었다.

　누군가는 원하는 것을 몰라서 어렵다고 말하지만, 내 경우는 원하는 것이 너무 많아 고민이었다. 모두에게 똑같이 주어진 하루인데 나는 어떻게 하면 시간을 더 쪼개서 내가 하고 싶은 것을 더 할 수 있을까 싶은 마음에 늘 하루의 시간이 모자란 것 같았다.

현재로서 기억나는 가장 첫 번째 꿈은 미스코리아
였다.

대여섯 살쯤의 꿈이었다. 미스코리아가 되고 싶었던
나는 동네 아주머니들이 모여 김장하는 알타리무 대야
에 들어가 무를 하나 들고 가열차게 트로트를 부르고,
하와이 춤을 요염하게 췄던 기억이 난다. 바지에 실수
라도 하는 날에는 옆집 아줌마가 "너 그러면 미스코리
아 못 된다."라며 벌서는 꼬마를 놀리곤 하셨다.

두 번째 꿈은 발명가였다.

초등학교에 막 들어간 후에 사회라는 것을 조금 알
게 된 꼬마는 사회에 도움이 되는 사람이 되고 싶다는
생각을 했다. 주로 발명을 통해 몸이 불편한 사람들에
게 도움을 주고 싶어서 그런 종류의 기계들을 혼자 구
상하여 그림으로 그리고 엄마에게 조잘조잘 설명을 늘
어놓곤 했다.

세 번째 꿈은 패션 디자이너였다.

이제 좀 멋에 눈을 떠 가던 10살이 넘어가던 때의 꿈이었다. 남과 다르게 입음으로써 나의 독창성을 표현하는 것에 희열을 느끼면서, 나름의 많은 스케치를 남겼다. 패션에 대한 관심은 제법 오랫동안 지속되었다. 초등학교 고학년에 들어가면서는 어깨너머로 배운 재봉질로 멀쩡한 옷을 뜯어 내 스타일로 만들어 입곤 했다. 락스 물에 옷을 담가 희한하게 탈색을 시키거나 직물 염색약을 사서 마음에 안 드는 옷 색상을 바꾸기도 했다. 중학교 교복도 선생님 눈에 거슬리지 않고, 내 눈에도 거슬리지 않을 수 있을 정도의 수준으로 스스로 리폼해 입을 만큼 제법 재봉틀을 다룰 줄 알았고 매해 뜨개질도 꾸준히 하곤 했다.

네 번째 꿈은 국가대표 양궁 선수였다.

열두 살, 초등학교 5학년 때 같은 반 친구의 부추김에 못 이기는 척, 학교 양궁부에 들어갔다. 그렇게 한순간에 운동 특기생의 삶에 발을 들여 열두 살부터 열

다섯 살까지 햇수로 4년을 운동 특기생으로 살았다. 학교 수업은 경기가 없는 시즌에는 오전에만 받았고, 경기가 있는 시즌에는 아예 수업을 들어가지 않고 연습만 했다. 가장 예민한 시기에, 너무 힘든 훈련과 경기, 점수 1점에 억눌리는 긴장감과 스트레스로 웃음을 잃고, 비슷한 또래 집단의 상하 계급 체계 속에서 정상적이지 못한 미숙하기 짝이 없는 사회생활을 당연한 것처럼 여기며 살았다. 한동안은 이 시기에 무엇을 배웠는지 알 수 없었다. 그러나 최근에 지금 내가 가진 정신력과 배짱은 이때 배운 것이라는 사실을 깨달았다.

열다섯 살, 중학교 2학년의 여름방학이 시작되던 날, 누구에게도 말하지 않고, 양궁장에서 도망쳐 차비도 없이 3시간을 걸어 집에 도착했다. 그 일을 마지막으로 나의 네 번째 꿈, 국가대표 양궁 선수는 사라졌다.

다섯 번째 꿈은 뮤지컬 배우였다.

운동 특기생에서 보통 학생으로 돌아온 나의 중 3 시절은 암울한 시간이었다. 점심시간에 급식 도시락을 가져와 삼삼오오 섞여 밥을 먹는 아이들 틈에서 혼자 점심을 먹어야 했다. 이 사소한 이유는 열여섯의 여학생에게 결석을 밥 먹듯이 할 너무나 합당한 이유가 되었다. 오죽하면 별명이 '비 오는 날 학교 안 오는 애'였을까.

편견은 무서운 것이다. 편견을 깨 보려 노력해 보지 않은 나도 잘못이지만, 무서운 체육특기생으로 다수에게 인식된 나는 친구들 틈에 들어가 볼 엄두를 낼 수 없었다. 다행히 당시 담임 선생님께서 나의 상황을 딱하게 보시고 여러모로 도와주셔서 가까스로 졸업은 할 수 있었다.

고등학교 생활은 새로운 오아시스와 같았다. 고등학교에서 새로 만난 친구들에게 나는 무서운 체육특기생이 아니었다. 참으로 오랜만에 학교 친구들이 생겼다. 점심을 같이 먹고, 소풍 가서 같이 어울려 다닐 친구들이 있었다. 같이 낄낄거릴 수 있는 친구, 다시 학교가 다닐 만한 곳이라는 생각이 들었다.

그 무렵, 우연히 《더 뮤지컬》이라는 잡지를 알게 되고 세뱃돈을 모아 정기 구독을 시작했다. 지방에 살던 나는 사실 제대로 된 뮤지컬을 본 적도 없었지만 그 잡지에 실린 기사들과 사진, 공연 정보들을 접하는 것만으로도 가슴이 뛰었다. 노래와 춤, 연기, 무대, 조명, 관객들, 그 모든 것이 나를 설레게 하는 요인이었다. 지금은 듣기만 해도 설레는 열일곱 살이라는 나이, 그때 나는 생각만 해도 가슴이 뛰는 꿈을 갖게 되었다.

고등학생 시절은 즐겁긴 했지만 또 한편으론 괴롭기도 했다. 1학년은 친구들과의 생활이 즐거워 잘 다녔지만 2학년에 들어서며 문과, 이과가 나뉘고 본격적으로 공부를 하기 시작하자 학교라는 시스템에 숨이 막혀 죽을 것 같았다. 궁금한 것을 "왜?"라고 질문하면 의견을 나눌 수 있기는커녕 문제아로 찍혀 선생님 한숨의 근원이 되는 학교 분위기가 너무 힘들게 느껴졌다. "왜?"라고 말할 수 없다니.

그때가 한참 대안 학교라는 존재가 등장하기 시작한 시기였다. '간디학교'가 매스컴을 타며 대안 교육이라는 것을 하는 학교가 존재한다는 것을 사람들이 알게 되었다. 당시 나는 아주 간절히 대안 교육으로 넘어가길 바랐지만, 혼자 알아본 기숙사비와 수업료, 생활비가 작은 머리의 계산으로도 나를 막아서서 엄마에게는 말을 꺼내 보지도 못했다.

그때 반항이라도 해 볼 것을, 눈 딱 감고 엄마에게 하고 싶은 말을 뱉어 볼 것을, 그 나이는 그래도 되는 나이인데 나는 너무 겉늙은 아이였다.

고 3이 되며 너무도 간절히 배우가 되고 싶었다. 인터넷으로 연극영화과에 가는 방법을 검색해 보자 대부분이 수도권 지역의 학원에서 훈련하고 오디션을 본다고 했다. 뮤지컬 학과가 있는 학교들을 찾아보며 레슨 학원에 전화 상담도 수도 없이 해 보았지만 엄마에게 보내 달라는 말을 차마 하지 못하고 내 안의 불꽃을 억지로 끄는 것으로 결론을 내렸다. 수도권에 가서 생활할 생활비와 레슨비, 예술대학의 등록금은 당시 우리 형편에서는 감당할 수 없는 금액이라는 생각이 들었기 때문이다. 떼쓸 생각조차 할 수 없었던 겨우 열아홉의 여자아이는 몇 가지 합리화로 근거를 만들어내서 꿈을 잠시 접어둔다 말했다.

그렇게 예술대학에 가는 꿈을 접고 이과 계열로 수능시험을 쳤다. 당시 좋아하던 생물이나 화학 계열 학문을 해야겠다고 생각했다. 배우는 다른 전공을 해도 할 수 있으니 대학은 다른 전공으로 가는 것이 좋겠다고 스스로 합리화했다. 수능을 치르고 나니 그다지 좋은 점수도 나쁜 점수도 아니었다.

무슨 맥락이었는지, 문득 '세상의 근원이 되는 게 무엇일까?' 궁금해졌고, 그것이 농업이라는 생각을 갖게 되었다. 수능 점수가 나온 후 대학 원서를 접수할 때, 그전에는 생각도 해 보지 않았던 농대 농학과를 1지망으로 지원하게 되었다. 그렇게 대학생활을 시작하며 농학도가 되었다.

여섯 번째 꿈은 연극하는 농부였다. 일명 액팅 파머.

대학생활은 12년 학교생활의 불만을 모두 커버할 수 있을 만큼 즐겁고 만족스러웠다. 내가 원하는 공부를, 내가 시간표를 짜서, 내가 움직이는 만큼 할 수 있다는 것이 너무 멋지다는 생각을 하며 혼신의 힘을 다해 학교생활을 했다(여전히 교수님께 "왜?"라는 질문을 할 수는 없었지만).

그러다가 2학년 때 선배들과 함께 학교에서 진행하는 해외 탐방 프로그램에 지원하게 되어 방학 동안 미국에 있는 유기농업 연구소와 유기농업 농가들, 유명한 농업대학들을 둘러볼 수 있었다. 그것이 계기가 되어 다음 해 학교를 휴학하고 펜실베이니아주에 있는 유기농업연구소에서 1년간 인턴 생활을 하게 되었다.

태어나 처음으로 낯선 곳에서, 아무런 연결된 사람 없이, 철저히 혼자가 되어, 나를 중심으로 한 '나의 사회'에서 '나는 누구인가?'에 대해 고민해 볼 수 있었다. 그때 가진 여러 생각 중 한 가지, '내가 정말 좋아하는 것은 무엇인가?'라는 물음에 두 가지 답을 떠올릴 수 있었다.

조명 아래에서 연기하는 것, 그리고 태양 아래에서 흙을 만지는 것.

대학에 들어가자마자 연극 동아리를 찾아 가입했다. 배우의 꿈을 포기할 수 없었기 때문이다. 연극 동아리에서 첫 작품으로 〈신의 아그네스〉의 아그네스 역할을 맡았다. (그때 연출자가 지금의 남편이다.)

이후로 기회가 될 때마다 무대에 오르며 많은 내면적인 치유가 일어났다. 무대에서 연기하는 동안은 아무런 생각 없이 내가 지금 하고 있는 역할에만 몰두하는 것이 좋았다. 무대에서는 연기를 하지만 결국 나를 드러내지 않으면 연기를 할 수 없었고, 그러한 훈련들 속에서 내 안에 채워져 있던 자물쇠들이 하나씩 풀리고 타인의 존재를 느끼는 내 마음이 조금씩 자유로워지는 것을 경험할 수 있었다.

그러나 프로들의 현장에서 보는 연극 일은 결코 쉽지 않았다. 땀 흘리며 진심을 다해 연습하느라 매일 하루하루를 다 소비해도 알아주는 이는 아주 소수일 뿐이었다. 소위 밥벌이가 안 되는 직업, 그것이 연극쟁이들의 숙명이었다.

꿈꾸는 것이 죄스러운 때

그래서 당시 생각한 것이 '나는 내 발로 연극하는 곳에 찾아가지 않겠다. 그러나 나를 불러 주는 무대가 있는 한 그곳을 마다하지 않겠다.' 하는 것이었다. 그런 결심이 졸업을 얼마 남겨 두지 않은 시점에 걸려온 연극 동아리 선배님의 러브콜을 거절하지 않고 전공 관련 직장을 접어둔 채 극단으로 향하게 한 원동력이었다.

꿈의 단절

　이렇게 계속 이어져 온 꿈의 계보는 결혼을 하고 더 나아갈 길을 잃고 헤매기 시작했다. 잔가지가 많긴 했지만 그래도 굵직한 줄기를 꾸준히 이어오고 있었는데, 어느새 누구의 아내, 아기 엄마가 되어 그것이 내 꿈인 양 살아가야 하는 삶이 되었다.

　결혼 후 꽤 오랫동안 내 시계는 스물네 살에 멈춰 흐르지 않았다. 아이 키우느라 하루를 정신없이 보내고, 간신히 아이를 재우고, 어쩌다 깨어 있는 날이면 지금의 모든 삶이 꿈만 같았다. 꿈에서 깨어나면 지금의 모든 것은 꿈이었던 채로 사라져 버리고 나는 다시 스물넷의 나로 살아갈 것만 같았다.

'이토록 삶이 극명하게 바뀌는데, 학교에서는, 대학에서는 왜 이런 걸 알려주지 않은 걸까? 이건 모든 학교 필수 과목으로 들어가야 하는 것 아닌가? 여자가 엄마가 되면 어떤 일이 일어나고, 그때는 어떻게 꿈을 꾸어야 되며, 어떻게 다음 스텝을 밟아 나를 계속 성장시켜 갈 수 있는가?' 이건 모든 학교에서 여학생들에서 필수 과목으로 가르쳐야 하는 것이라고 억지를 부려가며, 나를 제외한 모든 것들을 원망의 대상으로 만드는 시간을 보냈다. (억지라고 말하지만 사실 진심으로 이런 것을 가르쳐 주는 시스템이 있으면 좋겠다. 그렇게 된다면 얼마나 많은 이 시대의 여성들이 정신적인 혼란에서 자유할 수 있을까.)

첫째가 돌이 지나고 조금 숨을 돌릴 수 있게 된 무렵, 시어머니와 둘이 차를 타고 가며 나눈 대화가 기억난다.

"내 존재를 찾고 싶어요. 내 일도 하고 싶고 직업도 갖고 싶어요. 둘째는 좀 있다 낳는 게 좋겠어요."

나의 말에 어머니는 대답하셨다.

눈물만큼 자란다면

꿈꾸는 것이 죄스러운 때

"여자의 존재가 어미이지 뭐가 또 있냐. 애 낳고, 다 키워놓고 그때 뭘 해도 하는 거다."

시어머니께 응원의 메시지를 바랐던 아직 미숙했던 그때, 어머니의 대답에 속이 상했지만 딱히 반박할 여지는 없었다. 그 대답이 사회의 통념이라는 것을 하루에도 몇 번씩 느낄 수 있었기 때문이다.

한동안 꿈 이야기를 할 때마다 용기를 주는 말씀을 하시지 않고 주저앉히는 말씀만 하시는 어머니를 원망하기도 했다. 그러나 틀린 말씀은 아님을, 그것이 어머니의 생각만은 아님을, 현실에서 아줌마의 꿈에 용기를 주는 동화는 흔하지 않음을, 지나오는 시간 동안 피부로 깨달을 수 있었다.

'여자가 집에 있어야 가정이 편안하다.'
'엄마가 일하는 집 아이들은 뭘 해도 표가 난다.'

지난 10년간 나를 집 안에 매어 두었던 말들이다.

어릴 적 늘 바쁘던 엄마가 아주 잠시, 한 달이 안 되는 짧은 기간 동안 집에 계신 적이 있었다. 늘 알아서 대충 챙겨 먹고 다니던 우리 남매는 엄마가 식사 시간이 되면 차려 주시는 따끈따끈한 밥이 얼마나 행복했는지 잊을 수가 없다. 20년도 더 지난 지금도 그때 엄마가 만들어 준 떡갈비 맛이 혀끝에 남아 있는 것 같다고 하면 너무 과장일까.

그런 기억 때문인지 집 밖으로 나간다는 것이 더 두렵고 용기가 나지 않았다. 나만의 꿈을 꾼다는 것, 그것을 실행한다는 것은 직무유기 같은 죄책감이 들었다. 그러면서도 끊임없이 나가고 싶었고, 두 마음이 부딪히는 정리되지 않는 갈등의 소용돌이가 겉으로 볼 때는 고요하게만 보이는 내 마음에 수도 없이 휘몰아쳤다.

일을 하러 나가지 않은 또 다른 이유는 원하지 않는 일을 한다는 것이 용납되지 않았기 때문이다. 어릴 적부터 원하지 않는 일은 곧 죽어도 못하는 성격이 나 자신을 힘들게 했지만, 그것이 내 모습이었다. 원한다는 것은 그것에 의미를 둔다는 것이고, 원하지 않는다는 것은 그것이 내게 의미가 없다는 것이다. 의미가 없는 일이지만 상황 때문에 그 일을 택한다는 것, 그것은 갈증이 나는데 바닷물을 마시는 행동과 같은 것이었다.

나의 시계가 스물넷에 멈춰서일까? 유학가려고 계획하던 길이 막히고 거기서 멈춰서인지, 결혼 후 나의 꿈은 계속 공부를 더 하는 것에 머물렀다. 현실에 맞게 타협하려, 다른 꿈을 가져보려 애써 봐도 생각이 돌고 돌아 멈추는 곳은 대학원 전공 공부였다. 그것도 다른 전공은 마음에 차지 않고, 내가 원하던 그 공부, 거기에만 마음이 머물러 있었다. 정작 돌아보면 대학 졸업반 시절 나는 계속 실험실에만 붙어 있어야 하는 것이 싫어 바로 대학원에 진학하지 않았는데, 왜 내 마음은 계속 거기에 남아 있는 것인지 나로서도 알 수가 없었다.

미련일까, 꿈일까. 그것이 구분되지 않는 시간들 속

에서 매일 고민하고 아파하며 이러지도 저러지도 못하는 나날이 계속되었다.

그런 나날들은 시간이 갈수록 나를 더욱 괴롭혔고, 심신이 피폐해져서 결혼생활의 모든 면이 원망스러웠다. 이렇게 계속 가다 보면 결국 결혼생활의 끝을 보게 될 것 같았다.

숨을 쉴 수 없었다. 10년을 견딘 나의 인내심은 한계를 드러내고 어떤 결정을 내리라 재촉했다.

꿈의 방향성

그러던 중에 제주에 내려오게 되었다. 제주는 늘 내게 숨을 쉬게 해 주었으니 그곳에 가면 살 것 같았기 때문이다. 일단 살아야겠다 싶어 도망치듯 제주행을 택했다.

세 아이와 혼자 제주에 내려온 후 몸도, 마음도 많이 힘들었지만 또한 아이러니하게 많이 쉬었다. 이곳에서 만난 새로운 풍경들과 새로운 만남들, 새로운 교제들 속에 쉼을 얻을 수 있었고 다시 꿈의 계보를 이어가게 되었다.

어느 날 돌아보니 나는 늘 무엇인가가 되고 싶어 했다는 사실을 깨달았다. 어떤 위치, 어떤 자리, 어떤 환경들을 나의 꿈이라 말했다.

그런 꿈들이 잘못된 꿈이라 말할 수는 없을 것이다. 많은 이들이 그렇게 고지를 향한 꿈을 꾼다. 고지를 향한 꿈은 상황과 환경에 따라 변해 갈 수 있다.

제주에 온 후, 꿈의 방향성에 대해 생각해 보게 되었다. '무엇이 될 것인가' 하는 것이 고지를 향한 꿈이라면, '어떻게 살 것인가' 하는 물음은 고지보다 좀 더 상위에 있는 방향성에 대한 것이다.

고지를 향한 꿈은 달려가 도달하면 내려오거나 다음 고지를 다시 꿈꿔야 하지만 방향성은 끝까지 걸어갈 방향을 제시해 준다. 그 방향 위에 어떤 사건과 만남이 기다리고 있을지, 어떤 수렁을 만날지, 한번쯤은 어떤 고지를 넘어가게 될지 예상할 수 없지만 걸어가는 방향은 변하지 않는다.

결혼 후 나의 꿈이 갈 길을 잃었던 이유는 내게 꿈의 방향성이 확고하지 않았기 때문이었다.

10년의 공백을 지나 꿈의 방향성을 찾고 다시 꿈의

계보를 이어간다. 일곱 번째 꿈도 고지에 도착하지 못할지 모르지만 나는 나의 꿈의 방향을 향해 계속해서 걸어갈 수 있을 것이다.

하루를 살며 '어제를 잠시 돌아보고, 내일을 잠시 꿈꾸고, 오늘 하루를 충실히 살아내는 삶, 매일의 삶에 감사하는 삶' 이것이 내가 찾은 꿈의 방향이다.

선물 같은 쉼표

두 번째 임신

아이 하나만 조금 더 키워 두고 내 할 일을 할까, 둘째를 가질까 고민하다가 둘째를 갖기로 했다.

첫아이가 엄마 아니면 누구도 안 통하던 때라 어차피 아이 곁에 묶여 있어야 하는 시간에 하나를 더 낳아 같이 키우자 싶은 마음이 컸다. 마음은 늘 그랬다. '그래, 딱 몇 년만 육아, 전업주부 하자. 서른 되면 다시 새롭게 내 일을 시작하는 거야.'

마음은 그렇게 먹었는데도 그 몇 년을 지나는 동안 약한 마음은 수시로 요동치곤 했다.

결혼 전, 우리 부부는 가족계획을 물어보는 분들에게 아이 넷을 낳고 싶다고 말했다. 그럼 다들 "하나 낳아 보고 얘기해." 하시곤 했는데, 하나 낳고 보니 그 말이 무슨 말인지 알 것 같았다.

덜컥 생긴 첫째와 달리 둘째는 몇 번의 기다림이 있은 후 스물여섯, 나에게 찾아왔다. 녀석을 임신한 기간 내내 그렇게 고기가 먹고 싶었다. 첫째 때는 주로 과일, 특히 사과를 많이 먹었는데 둘째는 매일 다른 고기들이 먹고 싶었다. 어른들 말씀에 과일이면 딸, 고기면 아들이라는데, 매일 고기가 당겼던 것과 다르게, 둘째도 예쁜 딸이었다.

여느 둘째 엄마들이 그렇듯, 매일 첫째 돌보는 일이 바빠 배 속에 있는 둘째에게는 많은 정성을 들이지 못했다. 그래도 아이는 탈 한 번 일으키지 않고 쑥쑥 잘 자라 어느덧 출산할 때가 되었다.

자궁 문이 빨리 열리는 터라 세 아이 모두 촉진제를 맞고 낳아야 했다. 첫아이 때는 정말 하늘이 노래지고, 기차가 배를 밟고 지나가는 것 같은 고통을 느낀 12시간 진통 후에 간신히 무통 주사를 맞고 낳을 수 있었는데, 둘째는 출산도 일사천리였다. 날짜를 잡고, 병원에 입원해 무통주사와 촉진제를 맞은 뒤 2시간 만에 낳았다. 첫째 때 고통이 생각나 몇날 며칠을 잠을 못 이루고 두려워했던 것에 비해 너무 수월하게 태어나 당황스러울 정도였다. 이렇게 수월하게 아이를 낳기도 하는 거구나 하는 생각이 들었다.

　스물일곱, 두 딸아이의 엄마가 되었다.

분유로 키운 아기

첫째가 많이 까다로운 기질의 아이였기에 아이는 다 그런 줄 알았다. 그래서 둘째를 낳기 전에는 같은 고생을 한 번 더 해 낼 나름의 각오를 단단히 가지고 있었다. 그러나 나의 각오가 무색하게도 둘째는 너무나 순한 아이였다. 첫째 때보다 조금 여유가 생긴 덕분도 있지만, 녀석은 정말 엄마, 아빠의 장점만 모아놓은 것 같은 사랑스러운 아이였다.

첫째가 숙제 같다면 둘째는 선물 같았다. 잘 자고, 잘 먹고, 밤에도 푹 자 주니 아기 때문에 힘들 일이 없었다. 웃기도 너무나 잘 웃고, 같이 외출을 해도 배고플 때 말고는 한 번 보채지를 않았다. 한 배 속에서 나와도 이렇게 다를 수 있구나 싶었다.

둘째부터는 조금 더 아는 것이 많아진 덕분에 '모자

동실'을 신청했다. 전화가 올 때마다 젖 먹이러 신생아실을 왔다 갔다 해야 하는 게 더 힘들게 느껴졌기 때문이다.

첫아이 때 모유 수유가 만만치 않음을 경험한 만큼 둘째는 모유 수유를 위한 만반의 준비를 했다.

처음 아이를 낳자마자 핏덩이를 안고 나면 간호사가 아이를 데려가 간단한 검사를 한 후 엄마에게 다시 보여준다. 그때 젖을 물리면 방금 태어난 아이는 신기하게도 코를 킁킁거리며 젖꼭지를 찾아 조그만 입으로 쪽쪽 빠는 시늉을 한다. 그리고 더 신기한 건, 아이가 입을 댄 쪽 젖이 다른 쪽 젖보다 더 빨리 돈다.

모성이라는 시스템이 생각보다 훨씬 정교하고 세심하게 아이와 엄마의 몸에서 적용된다는 것은 참으로 놀라운 일이다.

유두가 짧아 고생했던 첫째 때의 기억을 떠올려 유두보호기라는 것도 미리 준비해 가고, 젖병을 먼저 물면 유두 혼동이 와서 아이가 엄마 젖을 싫어하게 될 수도 있으니 젖이 돌 때까지는 '컵 수유'라는 것을 했다.

젖병 대신 소주잔처럼 아주 작은 컵에 분유를 담아서 강보에 단단히 싼 아기를 세워 안아 컵을 입에 대 주면 아기는 신기하게도 마치 강아지같이 분유를 할짝할짝 하며 받아먹었다. 컵 수유를 할 때면, 간호사들까지 와서 모자동실에서 컵 수유를 하는 별난 엄마와 아기를 신기하게 바라보곤 했다.

이렇게 모유 수유에 대해 자세히 적는 것은 사실 둘째는 세 아이 중 유일하게 분유로 키웠다는 반전 때문이다. 둘째 역시 산후조리원을 택하지 못하고, 시댁에서 일주일가량 머문 다음 집으로 돌아와 도우미 이모님과 함께 조리를 한 나는 몸의 건강이 따라 주지 않아 고생을 하고 있었다. 만삭이 되어서야 첫째를 힘들게 어린이집에 보냈는데 출산 후 얼마 안 돼 어린이집을 그만두게 되어 몸조리를 할 새도 없이 계속 두 아이를 돌봐야 했다.

갓 두 돌이 된 첫째와 신생아를 같이 돌보는 일은 쉽지 않았다. 한번은 둘째에게 젖을 물리고 있는데 아이가 자지러지게 울어서 놀라 쳐다보니 첫째가 둘째의 발가락 하나를 아주 야무지게 깨물고 있었다. 이빨 자국이 선명히 난 작디작은 발가락을 보고 부러진 게 아닐까 하는 걱정이 들었을 만큼 세게 깨물었다. 첫째는 엄마를 뺏긴 서러움에 동생이 미웠고, 둘째는 이유 없이 당하고 말았으니 둘 사이에 있는 엄마는 어찌해야 좋을지 마음이 무너질 때가 많았다.

그렇게 석 달을 버티다 결국 첫째를 어린이집에 보냈지만, 몸조리를 해야 할 기간에 막 써버린 몸은 좀처럼 회복되지 않았다. 흔히들 "첫째 낳은 몸과 둘째 낳은 몸은 확연히 다르다, 몸조리 기간은 신경 써서 몸을 보호해야 한다."라고 말하는데 그땐 그 말이 귀에 들어오지 않았다. 첫째 낳고 제대로 몸조리를 안 했어도 건강했으니 이번에도 별 탈 없을 거라 생각했다. 출산한 지 열흘도 되지 않아 샤워 후 바로 화장실 청소도 할 만큼 몸을 막 썼더니 얼마 되지 않아 여기저기 탈이 나기 시작했다. 몸이 힘들어지자 그렇게 애써 노력하던 모유 수유도 할 수 없었다.

유두 혼동을 걱정해 컵 수유까지 했지만 둘째는 엄마 젖이건 젖병이건 뭐든 잘 먹는 순한 아이였고, 젖양이 너무 적어 분유와 섞어서 먹이기 시작하니 점점 젖이 더 줄어 결국 아예 젖이 말라 나오지 않는 상황이 되었다.

첫째는 모유 수유 중에 옻이 올라 고생을 했어도 엄마 젖만 계속 찾으니 돌이 될 때까지 젖을 먹여 키웠는데, 둘째는 이것도, 저것도 가리는 것이 없으니 결국 분유를 먹게 되었다.

어제도 다 큰 둘째가 셋째가 먹던 분유를 발견하고는 분유를 젖병에 타 달라고 한다. 군말 없이 젖병에 타서 주니 세상에서 제일 행복한 표정으로 젖병을 빨며, "엄마, 나는 분유가 제일 맛있어! 나는 아기 때도 분유 먹었어?" 하고 묻는다.

"응. 엄마 젖이 안 나와서 너는 두 달 정도만 엄마 젖 먹고 분유 먹었어." 하고 대수롭지 않게 얘기해 주며, 괜히 혼자만 미안한 마음을 뒤로 슥 밀어 감추었다.

선물 같은 쉼표

어린이집 등원 거부

둘째는 어린이집도 일찍 갔다. 언니가 두 돌 조금 지나 어린이집에 다니기 시작했고 얼마 지나지 않아 둘째도 따라 보냈다. 백일이 조금 넘은 시기였다. 몸이 너무 힘들어 운동을 하면 좀 나아지려나 하는 마음에 아이를 맡기고 운동을 갔다가 돌아오며 아이를 데려왔다. 돌아보면 그땐 운동을 할 게 아니라, 집에서 잠도 좀 자고 잘 먹으며 푹 쉬어야 했는데, 참 쉴 줄도 몰랐다 싶다.

그렇게 시작한 어린이집 생활은 한 번 싫다는 말도 없이 둘째가 일곱 살이 될 때까지 잘 이어졌다. 한 어린이집에만 다녔으니 어린이집이 집만큼 편한 공간이었다.

그런 녀석이 제주에 온 지 몇 달 지나지 않은 어느

날, 어린이집에 안 가겠다며 자체 휴원을 선언했다. 제주에 와서 새로 다니기 시작한 어린이집에서 뭔가 힘든 것이 있었던 모양이었다. 순하지만 고집이 있는 녀석은 그렇게 폭탄선언을 한 후 몇 달째 계속 집에서 엄마 스케줄에 맞춰 여기저기 따라다니며 일상을 보냈다.

　가야 한다고 강하게 말하고 보내면 또 군소리 없이 갈 녀석인데, 내 마음이 그렇게 안 되었다. 녀석에게 가지는 엄마만 아는 괜한 미안함 때문이다.

데이트

"엄마 데이…… 그거, 데이…… 그거는 둘이서만 하
는 거야? 셋이서는 하면 안 돼?"

얼마 전 첫째는 학교 가고, 셋째는 어린이집 가고, 둘
째와 단둘이 있던 날, 엄마랑 데이트하자고 말하고 둘
이서만 아이스크림을 먹고 온 날이 있었다. 녀석은 또
그렇게 엄마랑 아이스크림 가게에 가고 싶은데 그날은
셋째와 함께 있으니 셋이서는 갈 수 없냐고 물어보는
것이었다.

녀석의 물음보다 더 짠하게 내 마음을 울린 것은 둘
째는 아직 데이트라는 단어조차 모른다는 것이었다.

첫째와는 단둘이 시간을 내서 많은 데이트를 했다.
첫째는 예민하고 마음에 담아두는 것이 많은 아이라

그렇게 한 번씩 엄마와 단둘이 해소하는 시간이 필요
하다 생각했기 때문에 종종 데이트를 하며 이야기를
나누곤 했는데, 순한 둘째와는 따로 그런 시간을 마련
해 보지 않았다. 예민한 기질의 첫째와 셋째 사이에서
순한 둘째는 데이트라는 단어를 배울 기회가 없었다.

"당연히 되지! 셋이서도 되는 거야!" 하며 두 녀석을
데리고 아이스크림 가게로 갔다가 가까운 바다로 나갔
다. 언제나 그렇듯, 동생을 살뜰히 챙기며 너무나 행복
하게 바다에서 노는 둘째.
　녀석은 데이트에 동생이 함께해도 그렇게 행복해하고
언니와도 크게 다투지 않고 늘 잘 노는 아이였다.

선물 같은 쉼표

너의 마음 만져 주기

그토록 순하던 둘째가 일곱 살을 지나가며 힘들어했다. 가끔 고개를 푹 숙이고 북받친 듯 울음을 터트리는 녀석을 보며 마음이 참 아팠다.

어린이집을 멈추고 얼떨결에 언스쿨링을 하며 둘째는 마음에 담아놓은 이야기를 툭툭 꺼냈다. 그럴 때마다 '나는 이 아이를 예뻐하기만 했지 아이의 마음을 살펴본 일은 없구나.' 하는 깨달음이 들었다.

첫째는 예민했던 만큼 키우는 동안 많이 살피고 엄마로서 최선을 다해 노력했다. 첫째는 늘 자신의 예민함을 온몸으로 표현했으니까. 첫째가 어느 정도 자라 둥글어지기 시작할 무렵 셋째가 생겨 입덧부터 시작해 힘들었고, 셋째도 까다로운 기질을 가져 셋째에게 더

선물 같은 쉼표

많은 신경을 쏟았다. 그 속에서 둘째는 저절로 자라 온 것 같다. 그동안 녀석은 어떤 생각을 했을까.

　많이 안아 주고, 예뻐해 주며 키웠지만, 둘째의 생각에 귀 기울인 시간은 얼마 없었음을 깨닫는다. 그래도 다행이었다. 제주에 와서 네가 보인다는 것이. 엄마가 마음을 좀 더 열 수 있는 때가 되어, 너의 울음이 보인다는 것이 얼마나 다행이던지.
　어쩌면 순한 녀석은 엄마에게 조금 더 여유가 생길 때를, 엄마가 자신의 마음도 돌볼 수 있는 마음의 자리가 생기기를 기다렸는지도 모르겠다는 생각이 들었다.

　엄마에게 순한 아이라는 것, 그것은 좋은 것만은 아니다.
　오늘도 함께 있는 시간, 둘째는 순한 아이라 생각하는 나의 습관이 불쑥불쑥 나오지만 그때마다 의식적으로 습관을 이기려 노력한다. 그리고 더 또렷이 나를 들여다보는 만큼, 녀석의 눈도 들여다보려고 애쓰고 있다.

"선물 같은 둘째야, 엄마에게 와 주어서, 낳아주어 고맙다는 말을 자주 해 주어서 참 고마워. 그리고 엄마가 너를 좀 더 믿어 참 미안하구나."

모든 순간 아이는 그냥 아이다. 세상에 더 믿음직스럽거나 덜 믿음직스러운 아이는 없다.

눈물만큼 자란다면

선물 같은 쉼표

엄마의 무게

봉산마을

친정엄마에 대한 기억을 떠올리면, 가장 강렬히 기억에 남는 장면의 느낌이 있다. 이 이야기를 하려면 어렸을 적 살았던 동네에 대해 이야기하지 않을 수 없다.

잊을 수 없는 이름, '봉산마을'. 창원이라는 계획도시에는 진해로 넘어가는 길목에 양곡동이라는 곳이 있다. 30년 전에도 아파트들이 들어서 있었으니, 제법 잘사는 사람들이 모여 사는 동네였던 듯하다. 양곡동에서 보이는 낮은 산 쪽으로 쭉 걸어 들어가다 보면 큰하천이 나오고, 그 하천을 건너면 양곡국민학교가 있었다. 왼쪽으로 조금 더 들어가면 100년은 족히 넘었을 큰 나무(지금 보면 생각보다 작을지도 모르겠다)와 동네아이들이 수시로 들락거리던 작은 점방이 있다. 그곳에서도 산 쪽으로 한참 더 걸어가면 막다른 길에 세 가구가 마당을 공유하는 공간이 나타난다. 세 가구는 마당과 수도, 화장실을 같이 썼고, 야트막한 뒷산을 뒷마당 삼아 정답게 살아갔다.

봉산마을은 아파트 단지에서 도보로 10분도 걸리지 않는 거리에 있었지만 그린벨트로 묶여 있어서 어떤 개발도 허락되지 않는 곳이었다. 그 때문에 골목마다 집들이 촘촘히 벽을 맞대고 여러 집이 하나의 화장실을 공유하며 사는 흔히 말하는 산동네 마을이었다.

집에서 조금만 걸어 나가면 산에서부터 물이 흘러내리는 작은 도랑이 있었다. 대여섯 꼬마 아이들이 모여 그곳에서 가재 잡고, 고둥 줍고, 소꿉놀이 하고, 물이 많은 날은 다이빙도 하며 놀았다. 뒷산은 무덤 몇 개가 있었기에 옆집 아저씨는 늘 풀을 짧게 깎아두셨다. 덕분에 그곳은 우리에게 세상에 둘도 없는 놀이터가 되었다. 종이 박스 하나 들고 올라가면 천연 잔디 미끄럼틀이었고, 솔방을 몇 개 주워 들면 전쟁놀이터였다. 하

눈물만큼 자란다면

늘에 커다란 매가 날면 박스를 길게 찢어 머리 위에 올리고 줄줄이 기차를 만들어 매가 눈알을 빼먹지 않도록 야단법석을 떨며 도망을 다녔고, 숨바꼭질이라도 하면 서로 큰 돌 뒤에 숨으려 숲속을 헤집고 다녔다.

　방 하나, 부엌 겸 욕실 겸 거실 하나 있는 단칸방에 네 식구가 살며 문 밖에 있는 공용 화장실을 사용했지만, 그래도 오빠와 나, 우리 남매의 기억에는 그곳이 천국같이 남아 있다.

엄마에 대한 추억

그곳에서의 대부분의 기억은 친구들과 뛰어논 것인데, 한 장면 엄마와 함께한 기억이 있다.

다섯 살 무렵, 제법 큰 아이였던 시절, 엄마는 우리가 그렇게 뛰어놀던 뒷산에 빨래를 널러 올라가며 나를 업고 가셨다. 아팠던지, 투정을 부렸던지 업혀 있었던 이유는 기억이 나지 않는다. 옆집 아주머니가 "다 큰 놈이 뭐하는 짓이냐." 하며 놀리셔서 나는 엄마 등에 얼굴을 파묻었다.

그때, 그렇게 빨래를 너는 엄마의 등에 얼굴을 파묻던 장면, 그때의 그 느낌, 아무것도 아닌 일상의 그 장면이 내게 가장 행복했던 어린 시절의 기억으로 남아 있다.

그런 일상 같은 별것 아닌 순간이 왜 이토록 행복한

기억으로 남아 있는 것일까. 그건 아마도 엄마는 타고난 기질이 그리 따뜻한 사람이 아니었기 때문일 것이다.

어릴 적 엄마는 주로 피곤한 모습이었다. 건강한 체질이 아니었던 엄마는 낮 시간에 주로 누워 계시고, 나는 누워 있는 엄마 곁에서 심심함에 몸을 꼬다, 엄마를 슬쩍슬쩍 건들다, 결국 혼이 나면 혼자 놀거나 엄마 곁에서 같이 잠이 들거나 했다.

아이를 키워 보니 비로소 그때 엄마는 참 힘들었겠다는 생각이 든다. 내게는 천국같이 기억되는 봉산마을이지만, 엄마에게는 화장실은 문밖에 있고, 더운물을 쓰려면 끓여야 하고, 겨울이면 새벽마다 연탄을 갈러 나가야 하는 산동네 단칸방 집에 불과했을 것이다.

그리고 엄마는 우리 남매를 모두 한참 더운 삼복더위 속에 낳았다. 한여름에 몸조리를 한다는 것이 얼마나 힘든지 엄마가 되고서야 비로소 알았다. 몸조리를 잘못 하면 두고두고 몸이 힘들다는 것도 알게 되고 나니 엄마가 왜 그렇게 쉽게 피곤해하고, 몸이 약했는지 이해할 수 있었다.

　그래도 정작 엄마 본인은 쉰이 넘어서야 지금껏 계속 골반이 아픈 것이 산후풍이었다는 사실을 알게 되실 만큼, 당신의 아픔에 둔한 분이었다.

엄마의 젊은 날

이른 나이에 가장이 된 아빠는 빨리 돈을 벌고 싶어 하셨다. 그래서 회사를 다니며 중국집과 구둣방을 운영했고 불과 이십대 중반이었던 엄마는 그 일들을 도맡아서 해야 했다. 중국집 운영을 위해 엄마는 매일 버스를 타고 시장에 다니며 장을 봐 오셔야 했고, 주방장들은 어린 사모님을 무시하기 일쑤였다. 당시 가죽 가공 공장이 따로 있어서 신발 가죽을 들고 버스를 타고 왔다 갔다 심부름을 해야 하는 양화점 일도 매일 빠질 수 없었다. 배 속에 오빠를 품은 만삭 때에도 엄마는 버스를 타고 계속 심부름을 했다고 한다.

그렇게 돈을 모으려 고군분투했음에도, 돈은 쉽게 따라오지 않았다. 중국집은 건물 주인이 부도를 내고, 보증금을 들고 도망을 갔고, 양화점은 기성화가 시장에 나오면서 하향세에 접어들어 기술자 월급도 줄 수 없는 상황이 되어 접고 말았다.

빚을 내서 시작한 사업이었기에 아빠의 월급이 압류되기 시작했다. 배 속에 내가 있을 때, 엄마는 먹고 싶은 빨갛고 새콤한 홍옥 사과도 쉽게 사 먹을 수 없는 형편이었다고 한다. 언젠가 엄마가 쓴 오빠 육아일기를 보았는데, 입이 짧은 오빠를 위해 비엔나소시지를 한 봉지 사서 조금씩 구워 오빠 반찬으로만 내주었다는 이야기가 애잔하게 적혀 있었다.

그렇게 힘들던 시간들 속에 내가 태어났다. 나를 낳고 아빠는 병원비를 빌리러 다니셨다고 한다.

힘들던 형편이 내가 태어난 후, 눈에 띄게 좋아지기 시작했다. 아빠의 기술을 알아본 분이 아빠를 부르신 것이다. 아빠는 그분이 일하는 회사의 하청업체를 맡게 되셨고, 지인들과 그 업체를 꾸려나가시기 시작했다. 사업은 점점 자리를 잡아 안정되어 갔다. 그래서인지 나는 봉산마을에 살던 시절을 기억하면 단칸방에 살았지만 어렵게 살았던 기억은 없다.

아빠는 늘 나를 복덩이라며 너무 예뻐하셨다. 엄마는 여린 오빠에게 더 마음을 쓰셨고, 아빠는 당찬 내게 더 마음을 쓰셨다.

아빠의 마지막

그렇게 안정된 삶을 살아가던 때도 엄마는 마음이 공허해져 갔다. 내가 태어나고 얼마 안 돼 이웃을 따라 교회에 나가기 시작한 엄마는 교회를 열심히 다니게 되었고 아빠는 늘 그것이 못마땅했다. 아빠는 사람들과 어울리며 술을 마시는 것을 좋아하셨다. 아빠를 기억해 보면 술 취한 모습이 많이 생각난다.

그러던 어느 날, 엄마는 집에 있고 우리만 아빠를 따라 친척들과 나들이를 갔는데, 그곳에서 술이 거나하게 취해 늦게야 집에 돌아온 아빠는 엄마가 집에 있지 않은 것을 보고 화가 많이 나셨다. 엄마는 이모 댁에서 구역 예배를 드리는 중이었는데, 술 취한 아빠는 그곳에 쳐들어가 잔뜩 행패를 부리고 엄마를 끌고 나왔다.

그 밤의 기억은 잊으려 해도 생생히 기억에 남아 마

음을 아프게 한다. 아빠는 그날 처음으로 우리 앞에서 엄마에게 손찌검을 하셨다. 엄마와 우리는 울기만 할 뿐, 아빠가 너무 무서워 아무 말도 할 수가 없었다. 어렴풋이 오빠가 아빠에게 하지 말라고 말하며 많이 울었던 기억이 난다. 그렇게 그 밤이 지났다.

후에 엄마가 한 이야기로는, 아빠는 그 밤에 엄마에게 사과를 하면서 앞으로 교회에 가겠다고 이야기하셨다고 한다.

허나 그 후, 본의 아니게 그 밤의 그 무서운 기억이, 아빠에 대한 마지막 기억으로 남게 되었다. 아빠는 다음 날인 일요일 아침 일찍 선약이 되어 있던 스킨스쿠버 모임에 나가셨고, 엄마는 아빠가 나가는 모습을 보지 않았다. 원래 스킨스쿠버를 하려면 보름 전, 최소한 삼 일 전부터는 술을 마시면 안 된다고 한다. 그런데 아빠는 전날 밤 과음을 하고 몇 시간 눈도 붙이지 못한 채 스킨스쿠버를 가셨고, 다시는 돌아오지 못하셨다.

평소에 너무 건강해서 스스로 건강을 자신했던 잘못

일까. 사인은 아무도 몰랐다. 그저 심장이 멈췄으니 심
장마비라고 했다. 아빠, 엄마 나이 겨우 서른다섯 살.
오빠는 열 살, 나는 고작 일곱 살이었다.

부재

　장례식의 대부분 장면이 기억나지만 내가 울었는지, 마음이 어땠는지는 잘 생각나지 않는다.

　너무 어렸던 나는 아빠의 부재가 무엇인지조차 잘 모르고 자랐다. 있던 것이 사라졌을 때 부재가 생기는 것인데, 내 안에 있는 바쁘게 살았던 아빠에 대한 기억은 그 부재를 느끼게 하기에는 너무 빈약했다.

　그러나 아빠의 무덤에 갈 때, 다른 이들의 아빠를 볼 때, 명절에 친척들이 모이고 아빠가 있는 사촌동생들을 볼 때, 결혼 후 나의 남편이 우리 아이들에게 어떤 존재인지 깨달을 때, 그럴 때 문득문득 마음이 불편했다.

　아빠를 일찍 여의었지만, 사실 그것은 엄마를 일찍 여읜 것과 같았다. 아빠가 돌아가신 후 엄마는 아빠에

관한 어떤 이야기도 꺼내지 않았다. 좋았던 이야기도, 싫었던 이야기도 없었다. 우리가 가끔 이야기를 꺼내면 엄마는 묻는 말에 대답만 하시고, 딱히 다른 이야기가 없었다.

다만 정신없이 바쁘게만 살아가셨다. 어떻게 저만큼 자고 살 수 있을까 싶을 만큼만 자며 늘 분주했고, 늘 곁에 없었다.

아빠가 돌아가신 후 엄마의 삶의 어떤 것도 나는 엄마의 입장이 되어 생각해 볼 수가 없다. 내가 경험하지 못한, 상상하기도 힘든 세상이기 때문이다. 마치 명절에 나의 사촌들 중 어느 누구도 우리 남매의 마음에 공감할 수 없는 것과 같다.

엄마는 한 번도 속마음을 툭 터놓고 이야기한 적이 없다. 아마 당신 스스로도 속마음을 자세히 들여다볼 시간 자체를 갖지 않으셨을 것이다. 스스로 마음을 들여다보는 시간이 생길까 봐 그렇게 바쁘게 사셨을까. 엄마는 자신을 소중히 여기는 사람이 아니었다.

원망

결혼을 하고, 아이 둘을 낳고 키우다 보니, 엄마에 대한 원망이 스멀스멀 기어 나왔다.

'내 새끼가 이토록 사랑스러운데, 아이는 보호해 주고 아껴 주어야 하는 존재인데, 아무리 큰 것처럼 보여도 아이는 아이인데, 엄마는 왜 나를 그렇게 내버려 두었을까. 미덥다는 이유로 나의 요구에 그토록 관심이 없었을까.'

'왜 살림하고 요리하는 엄마에 대한 기억은 전혀 없는 걸까. 더러운 집에 산 것도 아니고, 굶고 살지도 않았는데 왜 나는 집안일하는 엄마를 기억할 수 없을까.'

엄마의 무게

집안일을 잘하지 못하는 내 모습을 보면서도 엄마를 원망했다. 결혼에 관련된 상처들이 원망으로 남았다.

그중에서도 제일 원망스러웠던 것은 우리와 상의도 없이 재혼해서 내게서 친정을 빼앗았다는 것이었다. 왜 재혼은 해서 아이를 낳은 딸도 한번 만나러 못 오는지, 몸조리는 못해 주더라도 미역국이라도 한 그릇 끓여 따뜻한 밥 한 끼 해 주지 못하는지. 그것이 그토록 원망스러웠다.

엄마는 왜 그렇게 약한지, 그것이 원망의 근원이었다. 드라마에 나오는 내 새끼밖에 모르는 비이성적인 아줌마들이 부럽게 느껴졌다면 내 마음을 대변할 수 있을까.

엄마는 이성적이었고, 차가웠고, 갑자기 화를 냈고, 약했다. 유리 같았다고 해야 할까. 자라며 엄마에게 한 번도 속 시원히 속마음을 털어놓은 적이 없다. 조금만 마음을 털어놓을라 치면 엄마는 불같이 화를 내기 일

쑤었다. 거기에 덤벼들면 엄마는 깨질 것 같았다. 늘
돌려서 말하고, 차분히 말하고, 화내는 엄마를 다독이
며 말했다.

원망의 시간들을 지나면서도 나는 엄마에게는 늘 좋
게 대하려고 노력했다. 엄마는 내게 늘 약한 사람이었
으니까. 내 속에 있는 원망을 다 꺼내 놓기에 엄마는
너무 약한 사람이었고 엄마가 처한 상황만으로도 충분
히 힘들어 보였다.

나는 재혼으로 힘들어하는 엄마의 하소연을 묵묵히
들어주고, 대화 상대가 되어 주었다. 여러 이야기를 듣
고 있는 것이 힘들었음에도, 엄마를 진심으로 위로하
지 못함에도, 마음에 없는 위로의 말들을 건네면서 잘
들어주는 척했다.

신랑과는 그토록 싸우며 안 해야 될 말도 수없이 내
뱉고, 스스로도 모르던 바닥까지 내보이던 그 와중에
도 엄마에게는 작은 부부 싸움 이야기도 하지 않고 그
저 잘 살고 있다고만 했다.

거짓 위로

엄마를 위로했다고 생각했다. 그러나 어느 날 문득 나는 엄마의 아픔에 대해 전혀 공감하지 못했다는 것을 깨달았다.

늘 곁에 없는 엄마는 비정한 사람이라고 원망만 했지, 어느 날 갑자기 남편을 잃고 아직 어린 두 아이와 남겨진 젊은 과부댁의 비통함을 헤아려 본 적이 없었다.

아이 낳은 딸을 찾아오지 않는 무심한 엄마를 원망만 했지, 그 딸에게도 마음대로 못 가 보는 엄마의 찢어지는 마음을 몰랐다.

내 결혼생활은 왜 이렇게 서글픈지 곱씹어 보면서도, 하나뿐인 똑똑하다 믿은 딸을 빈손으로 시집보낸 엄마의 휑한 가슴을 알지 못했다.

자식들에 대한 미안함으로 바늘방석에 앉아 어디 아

픈 곳이 있어도 아프다는 말 한마디 못하는 엄마가 보였다.

'나를 실컷 원망해라. 그리고 너희 마음 편해져라.' 하는 엄마가 느껴졌다. 내가 그간 측은하게 여겼던 엄마의 모습과는 비교도 안 될 아픔이었다.

'엄마도 많이 아프고 힘들구나. 아마도 나보다 수십 배는 더. 그리고 누구보다도 외롭겠구나.'

어릴 적 아빠가 없는 우리 가정에 엄마는 우리의 전부였다. 늘 목말랐지만, 그래도 나의 근원이고, 내 세상의 기초였다. 엄마가 깨지는 것은, 내 세상이 깨지는 것과 같았다. 그래서 엄마와 부딪쳐 엄마를 깨뜨릴 수 없었다.

엄마의 무게

회복

엄마의 아픔을 직면하는 동시에 엄마와 오랜 시간 분리되지 못한 나를 보았다. 그 순간 엄마와 건강하게 분리되어야 한다는 사실을 깨달았다.

요즘 용기를 내서 엄마에게 내 이야기를 한다. 엄마 앞에서 나를 포장하지 않고, 엄마가 기분 상하지 않을까 눈치 보지 않고, 나의 생각과 의견을 말하고, 행동하려고 노력한다.

듣고 싶지 않은 말은 그만하라고 말할 수 있고 혹여나 싸워야 한다면 싸울 수도 있는 용기가 생겼다. 이 용기의 근원은 엄마가 딸인 나를 얼마나 사랑하고 있는지, 내가 엄마에게 얼마나 귀한 존재인지를 알게 된 것에서 시작되었다.

엄마도 재혼의 어려움을 겪은 10년의 시간 동안 예

전에 비해 많이 강한 사람이 되었다. 이제 웬만큼 부딪혀도 깨지지 않을 만큼.

심장이 칼로 베는 듯 아팠던, 재혼 후 지난 10년의 시간은 셋이 똘똘 뭉쳐 아무것도 비집고 들어올 수 없었던 우리 가족을 하나씩 하나씩 뜯어내어 각각을 한 사람으로 세워 냈다.

세 사람이 한 몸으로, 한 마음과 감정으로 묶여 사는 것은 건강하지 못하다. 그런 상태로는 누구도 제 삶에서 똑바로 설 수 없다. 이 과정은 아프지만 꼭 필요한 시간이었다. 아픔과 시간은 거짓말을 하지 않는다.

엄마는

내가 솔직해지면 엄마와 멀어질 것 같은 두려움이 있었다. 엄마는 이런 상황을 감당할 수 없을 거라고, 나는 엄마를 그렇게 오해하며 살았다.

그러나 엄마는, 엄마였다. 종지 같은 마음으로 엄마의 마음을 판단하다니, 받아줄 마음의 크기가 안 될 거라고 혼자 판단한 시간이 부끄러울 따름이다.

얼마 전 엄마의 마음의 말이 들렸다. 입으로 말하지 않았지만, 마음으로 들리는 말이었다.

'나는 네 새끼들보다 네가 더 중요하다. 네 새끼들보다 네가 더 보고 싶단다.'

이제 환갑이 지난 엄마. 엄마의 인생에 내가 미처 경험해 보지 못한 시간이 너무 많아 나는 엄마의 삶을 감히 다 알 수 없다. 38년 엄마 경력 앞에 나는 이제 고작 엄마 경력 11년 차 초보, 초딩 엄마다.

내 아이가 겨우 아장아장 걸을 때, 미숙해서 미워했고, 뭘 몰라서 원망했다. 시간이 갈수록 하나씩 이해하게 되고, 이해하는 만큼 용서하게 된다.
용서라는 말도 부끄럽다. 엄마를 위로한다 생각했던 나의 지난 시간이 너무나 부끄럽다.

자식은 엄마를 미워해도, 엄마는 자식 앞에 미움이란 말을 모른다.

엄마는 참 엄마다.

눈물만큼 자란다면

엄마의 무게

아프다면

자각하기

둘째 아이를 낳고 아이가 돌이 지나가니 몸이 여기저기 아프기 시작했다. 어떤 이유인지 정확히 알 수 없었지만, 소파에 가만히 앉아 있는 순간에도 온몸이 여기저기 쑤시고 뼈마디가 아파 괴로웠다. 그러던 어느 날, 신랑이 퇴근하고 집에 돌아와 나를 보며 우스개 농담을 하는데, 나는 버럭 화를 내었다.

"지금 그게 재미있다고 하는 소리야? 나는 아파 죽겠는데!"

스스로 제정신이 아니구나 하는 생각이 들어 그 밤에 당장 근처 한의원을 찾아갔다. 한의사 선생님은 다행히 내 말을 차분히 들어주고, 몸과 마음의 에너지가 고갈된 내 상태를 알아주셨다.

당시 몸이 얼마나 안 좋은 상황이었느냐면, 한여름

에 아이들과 수영장에서 1시간 정도 같이 놀아주고 나
면 그날 밤 몸에 한기가 들어서 밤새 두꺼운 이불을 덮
고 덜덜 떨며 잠을 못 잘 정도였다. 몸의 회복력이 그
만큼 바닥을 치고 있었던 것이다.

그 밤, 가족들에게 말도 안 되는 짜증을 내고 집을
뛰쳐나가 한의원을 찾은 날, 그날 나는 처음으로 내 상
태를 자각했던 것 같다. 그리고 그날을 시작으로 물리
적으로, 정신적으로, 다방면으로, 스스로 치료하고 돌
보는 일을 하기 시작했다.

거의 매일 3개월 정도를 한의원에 다니며 약을 지어
먹고, 침과 뜸 치료를 받으니 몸의 에너지가 많이 회복
되었다.

몸이 조금 살아나니 이제 정신을 좀 돌봐야겠다는
생각이 들었다. 큰아이가 네 살 무렵, 낯을 너무 심하
게 가리고 엄마밖에 모르는 것이 걱정되어 한동안 상
담 센터에 다니며 놀이 치료를 했던 적이 있었다.

그땐 내가 치료받을 필요가 있다는 사실을 전혀 자각하지 못했는데, 시간이 지나고 나니 나를 위한 상담을 받으러 가야겠다는 생각이 들었다.

처음 상담을 받던 날, 아이를 담당했던 선생님을 다시 만나자 선생님이 "다시 오실 줄 알았어요. 기다리고 있었어요." 하고 말했다.

그분은 사실 아이가 문제가 아니라 내게 문제가 있다는 것을 알고 있었지만 때가 되기를 기다리고 있었던 것이었다. 처음으로 그분에게 살아온 시간들을 이야기했다. 원래는 1시간 약속이었지만, 훨씬 긴 시간 동안 대화를 계속해 나갔다. 살아오며 누구에게도 해보지 못한 이야기들이었다. 어린 시절부터 나이에 따라 그때그때 있었던 일들을 설명해 가는데 매년 매해, 사연이 없는 날이 없었다. 그때까지 내 삶을 그렇게 곱씹어 본 적이 없어서, 얼마 안 되는 삶을 살면서 그렇게 많은 일이 있었는지 미처 몰랐다.

"지금 힘드신 거, 그럴 만해요. 이렇게 많은 일이 있었는데, 그렇게 입 다물고, 혼자서만 참고 살았으니 지금 마음이 아플 만해요. 이만큼 참은 것도 너무 잘한 거예요."

상담사 선생님의 말에 눈이 퉁퉁 붓도록 한참을 울었다. 친한 친구들에게도 삶의 속 깊은 이야기를 나눠본 적이 없었다. 나를 씩씩하다고 생각하는 친구들에게 아픈 이야기를 할 구멍이 보이지 않았다. 정말 난생처음 살아온 이야기를 풀어놓으니 속이 시원했다.

그 이후 열 번의 정기적인 상담을 가졌는데, 특별히 기억나는 상담 내용이 있다.

자화상을 그리는 시간이었는데, 아주 상냥하게 웃고 있는 내 모습을 그렸다. 눈과 입이 반달처럼 상냥하게 웃고 있는, 마치 서비스직 종사자들같이 최대한 밝고 명랑하고 상냥해 보이는 모습. 그 모습이 내가 타인에게 보여주려 노력하는 내 모습이라 했다.

타인에게 그렇게 보이고자 한다는 것을 그때 처음 자각할 수 있었다.

그것을 자각하고 나서야 비로소 그렇다면 나다운 것, 내가 아는 나와 타인이 아는 내가 크게 다르지 않은 삶의 모습에 대해 고민하기 시작했다.

상담은 사실 매회 해야 하는 결제가 마음에 걸림돌이 되어 아주 마음을 열지는 못했다. 그분은 결국 직업상 나를 만난다는 느낌을 떨칠 수 없었기 때문이다. 그러나 상담을 하면서 스스로 곱씹어 보고 주변을 돌아보는 의미 있는 시간을 가질 수 있었던 것만은 틀림없다.

이후 고질병처럼 자리 잡은 소화불량과 위통, 쑤시는 듯한 등줄기 통증 때문에 힘들어하다가 도수 치료를 잘하시는 분을 소개받았다. 30년 이상 도수 치료를 해오신 선생님은 사람의 인생에서 생기는 대부분의 병, 정신적인 병까지도 척추와 연관 지어 풀어내시는 분이었다. 어릴 적부터 감정 기복이 심한 큰아이와 함께 반년 가까이 도수 치료를 꾸준히 다녔다. 그때는 몸이 건강해지는 것이 너무 간절해서 꽤 먼 거리인데도 수고를 감수하고 다닐 수 있었다.

도수 치료는 몇 번 치료받는 것으로는 효과를 느낄수 없었지만, 꾸준히 받은 결과, 건강해지기 위해 받은 치료 중 가장 효과가 있었다. 약했던 소화기 계열도 좋아지고, 어깨와 등의 통증도 없어졌으며, 무엇보다 우울함에서 벗어나 사고가 건강해지는 것을 느낄 수 있었다.

제주에 내려온 이후에는 동종요법을 알게 되어 실생활에서 사용하고 있다.

동종요법은 병이 몸에서 발생할 때 그것이 자연스럽게 배출되도록 돕는 방법으로 물에 담긴 물질의 에너지를 이용한 치료약을 사용하는 대체 의학이다. 한국에서는 아직 낯선 것이지만 유럽, 미주, 인도, 일본 같은 곳에는 동종요법 대학도 있고, 대체 의학의 하나로 인정받아서 환자가 선택해 찾아갈 수 있는 동종요법 병원과 약국이 있을 만큼 대중적인 대체 의학 중 하나이다. 동종요법을 실천한 후 우리 가족은 스스로 질병을 천천히 들여다볼 수 있게 되었다.

최근에는 좋은 선생님을 통해 프롭테라피를 접하게
되었다. 프롭테라피는 몸의 균형을 스스로 잡아 갈 수
있는 운동이자 치료법이다. 프롭테라피를 접한 이후 혼
자 조용히 음악을 들으며 내 몸의 구석구석을 살펴보
는 시간을 갖는다. 미처 자각하지 못한 내 몸의 아픔
을 발견하면 마음의 아픔이 함께 동요되는지 나도 모
르게 눈물이 주르륵 흐르기도 한다.

통증

사람을 괴롭게 하는 무서운 병들 중에 통증을 느낄 수 없는 병이 있다고 한다. 어떻게 생각하면 좋은 것이 아닌가 싶다. 사람들이 살면서 얼마나 많은 통증으로 힘들어하는가. 통증이 없다면 아픔도 없을 테니 그럼 삶의 질이 더 좋아지고 더 행복하게 살 수 있는 것이 아닌가 싶지만 조금만 생각해 보면 그렇지 않다는 것을 알게 된다.

이 병에 걸린 아이는 무심결에 자기 손가락을 물어 뜯어 손가락이 성한 곳이 없으며 대개는 오래 살지 못하고 단명한다고 한다. 사고를 당해 상처가 나거나 질병이 생겨도 통증을 느낄 수 없으니 대처할 수도 없기 때문이다.

통증을 느끼는 아픈 것은 내가 살고 싶다고 나에게 소리치는 것이다. 건강해지고 싶다고, 가치 있게 살고 싶다고 자신에게 소리치는 것이 아픔이 되고 통증이 되어 몸과 마음에 나타난다. 그래서 아픔을 느끼는 사람은 어떤 면에서 볼 때는 아직 건강한 것이다.

그러나 우리 사회는 참는 것을 미덕으로 여기는 분위기가 형성되어 있다. 그래서 주변에는 통증에 둔감한 이들이 의외로 많다. 어떠한 연유에서 내가 나를 무시하는 일이 익숙해진 것이다.

통증이 둔감한 지경에까지 가면 통증을 다시 깨우는 일부터 해야 하는데 그 과정이 쉽지는 않을 것이다.

눈물만큼 자란다면

나의 선한 이웃

　타인이 아픈 것을 지나치지 않고 돌보는 것은 선한 일을 베푸는 것으로 여겨지지만 아픈 나를 돌보는 것은 이기적으로 비칠 때가 많다. 그러나 결국 사람은 내가 나를 대하는 방식으로 남을 대하게 되어 있다. 나에게 무심한 사람은 남에게도 무심하게 되고, 나를 아끼는 사람은 남도 아끼게 된다. 그러니 결국 가장 이기적인 사람이 가장 이타적인 사람이기도 한 것이다.

　오늘 아프다면, 혹은 그 아픔이 오래되었다면 반드시 돌보길 바란다. 누구도 나의 아픔을 나만큼 알 수 없다. 내가 상담받을 때 그린 그림 속의 상냥한 내 모습, 그것이 타인이 보는 내 모습이기 때문이다. 그 얼굴을 넘어 타인이 나의 내면을 꿰뚫어 봐 주기를 바라

고, 타인의 위로를 기다리는 것은 어리석다. 어떤 방식
으로든 자신에게 맞는 방법으로 때와 상황에 따라, 스
스로 돌보아 주어야 한다.

아무 느낌 없는 삶을 산다면 통증을 자각해야 하고
아프다는 것을 깨달았다면 치료해야 한다. 뜻이 있는
곳에는 길이 있다고 했다. 나의 경험으로 보아도 내 아
픔을 자각하는 때에 치료의 방법도 있었다.

아픈 자신을 발견했다면 성경 속 선한 사마리아인이
강도를 만난 이웃을 그냥 지나치지 않고 위험과 금전
적·시간적 손실을 감수하고 그를 도운 것처럼 그렇게
스스로를 도와야 한다.

그냥 지나치지 말고 자신에게 선한 이웃이 되어 아
픈 나를 치료하고, 위로하고, 쓰다듬고, 안아 주다 보
면 마침내 사랑하게 될 수 있지 않을까 바라 본다.

뜻밖의 선물

서프라이즈

아이들이 어느 정도 자라 여섯 살, 네 살이 되었을 때, 비로소 무언가 할 수 있는 시간이라는 게 보이는 것 같았다.

첫째는 다섯 살이 넘어가며 밤에 깨지 않고 잘 수 있게 되었고, 둘째는 어릴 적부터 자주 걸리던 중이염이 다시 찾아오는 횟수가 훨씬 줄어들었다. 이제 제법 말귀를 알아듣는 아이들이니 내가 무언가를 시작해도 곁에 두고 함께할 수 있을 것 같았다. 그리고 어느새 스물아홉을 지나 새로운 삶을 시작하겠다고 그렇게 벼르던 서른이 다가오고 있었다.

무엇을 하면 좋을까, 지금 이곳에서 내 형편에 맞게 할 수 있는 일은 무엇일까, 고민하며 이것저것 찾아보고 있을 때, 정말 뜻밖에 셋째가 찾아왔다. 마치 '떵둥,

까꿍' 하며 아주 깜짝 놀라게 하는 선물 같았다.

　사실 둘째를 낳을 때도 셋째에 대한 마음이 있었다. 생기면 낳겠다고 생각하며 딱히 노력하지도, 피하지도 않고 지냈는데 셋째는 생기지 않았다.

　2016년, 아이들이 일곱 살, 다섯 살이 되어 내년이면 첫째가 학교에 가야 하고, 나도 이제 서른이 되어 새로운 삶을 살 것이니, 셋째에 대한 마음을 완전히 접었다. 그런데 그때 거짓말같이 셋째가 찾아온 것이었다.

　몸의 변화가 아무래도 이상해 테스트기를 이틀째 써 보았지만 한 줄만 나올 뿐, 아무 변화가 없었다. 지금까지 여러 번 그랬던 것처럼 이번에도 아니겠지 하고 대수롭지 않게 여겼다. 삼 일째 테스트기에도 아무 변화가 없어서 '그럼 그렇지.' 하고 정수기 옆에 놓아둔 채 물 한 잔 마시고 잠이 들었다.

　다음 날 아침, 부랴부랴 움직여 신랑과 아이들을 보낸 후 한숨 돌리려 물을 한 잔 따르는데 어제 둔 테스트기에 어제는 분명 없던 선이 희미하게 한 줄 더 보이는 것이었다. 놀라 까무러칠 뻔했다. 그러고는 바로 약

뜻밖의 선물

국으로 달려가 회사별로 몇 개의 테스트기를 구매해 집에 와서 다시 테스트해 보았다. 모두 두 줄. 더는 부인할 수 없었다.

일주일쯤 기다렸다가 병원에 가 보았더니 아기집이 보였다. 첫째, 둘째 때와는 다른 요상한 느낌이었다. 기쁘기도 했지만, 마음 한편이 싸하기도 했다.

늘 넷을 키우고 싶다고 말하면서도 실천할 용기는 없었는데 말을 행동으로 옮겨야 하는 그 힘든 관문 앞에 또 서게 된 것이다.

병원에서 아기집을 확인하고 나와 병원 앞에서 어묵을 파는 트럭으로 갔다. 아무 말 없이 어묵을 먹다가 아주머니에게 자제분이 몇 명이신지 물었다. 때마침 세 명이라 하셨다. 아주머니에게 방금 셋째가 생겼다는 소식을 듣고 나오는 길이라고 했다. 아주머니는 내 표정을 보고는 "키울 때는 힘들어도 좀만 고생하면 셋이 크는 모습이 너무 예뻐요."라고 위로를 건네셨다. 한참 동안 주거니 받거니 하며 나눈 아주머니와의 대화로 마음이 좀 풀려 집에 돌아올 수 있었다. 그때 그곳에서 아주머니를 만나지 않았더라면, 그렇게 대화를 나눌 수 없었더라면, 복잡한 마음이 좀 더 오래 남아 마음 더 깊은 곳으로 내려갈 뻔했는데 돌아보니 참 감사한 만남이었다.

셋째 소식을 들은 남편은 의외로 입이 귀에 걸렸다. 셋째가 생기기 전, 한참 셋째를 원하던 내게 늘 부정적으로 말하던 사람이라 뜻밖의 반응이었다. 이렇게 좋아하며 넷째 소리까지 꺼내는 신랑이 황당했다. 남자는 원래 그렇다고 주변 사람들이 이야기했다. 어떤 남편들은 자식이 늘어날 때마다 한숨이 짙어진다는데 이 사람은 웃음이 입가에 실룩실룩 올라오는 것을 보니 다행이다 싶었다.

네가 없다면

아기집을 본 후 두 번째로 병원에 정기검진을 가는 날, 처음 갔던 병원과 다른 병원을 갔다. 의사 선생님이 꼼꼼히 잘 봐준다고 추천을 받은 병원이었다. 그런데 그곳에서 아기가 유산된 것 같다는 말을 들었다. 아기집은 있는데 아기가 보이지 않는다는 것이다. 임신호르몬 수치도 비정상적이라 지켜봐야겠지만 유산일 가능성이 많다고 했다.

가슴이 철렁 내려앉으며 '엄마가 반가워하지 않아서 녀석이 떠나갔을까.' 싶은 마음에 별별 생각이 다 들어 힘들었다.

일주일 뒤에 다시 오라는데 기다릴 수가 없어 곧장 처음 임신을 확인했던 병원을 다시 찾아갔다. 다행히 의사 선생님이 보고는 이 정도면 괜찮다고, 유산을 걱정할 정도는 아니라고 안심시켜 주셨다. 그래도 혹시나 싶어 일주일을 내내 마음 졸이며 보냈다.

'아가야, 엄마는 네가 너무 반가워. 네가 와줘서 기뻐. 그러니 별 탈 없이 잘 붙어 있어 줘야 해.' 하며 매일 배 속 아가에게 말을 걸었다. 일주일 후, 다시 병원에 찾아갔을 때, 너무나 다행히도 아기집에 새끼손톱보다 작은 아기가 있었다.

이 일로 인해 셋째를 가진 후 마음 한편에 있던 싸한 감정이 싹 사라졌다. 유산 걱정을 하던 아기가 건강히 있으니 그저 감사한 마음뿐이었다.

생명은 이렇게 말로 표현할 수 없이 너무나 감사한 존재이다. 비록 내 삶은 더욱 내 것이 아닌 것이 되어가겠지만, 한 생명이 내게 온다는 것은 손익을 계산하기 힘든 기적과 같은 일이니까. 안 낳고는 후회하지만, 낳아놓고 후회하는 아이는 없다는 말이 꼭 공감 간다.

세 번째 임신

셋째는 세 녀석 중 입덧이 가장 심했다. 두 아이 때는 입덧이 그리 심하지 않았는데 유난히 심한 입덧이었다. 아이들 밥은 먹여야 하는데, 밥을 하는 것도 견딜 수가 없어서 쌀을 씻어 밥통에 앉혀 버튼을 누르고는 방문을 닫은 채 방 안에만 있었다. 반찬은 해먹을 엄두도 못 내 가게에서 반찬을 매일 배달해 먹었다. 셋째를 가진 때는 그 사이 시간이 좀 흘렀기에 친정엄마도 입덧하는 딸을 걱정하며 집에 와서 집안일도 도와주셨다.

내 마음의 변화가 시작된 것이 그맘때인 것 같다. 차갑다고 생각했던 엄마의 따뜻함이 보이고, 내 입장에서만 생각했던 지난날이 엄마의 입장에서 헤아려지기 시작했다. 나보다 엄마가 훨씬 아팠겠구나 하는 것을 깨달으며 내 마음이 풀어져 갔다.

'엄마가 아픈 걸 깨달아야 내 마음이 편하다니. 이래서 자식은 끝까지 이기적인 존재구나.'라는 것도 함께 깨달으면서.

다행히 딱 16주를 채우는 날, 입덧은 거의 사라지고 임신 기간 내내 수박을 끼고 사는 나날이 이어졌다.

막내 왕자님

    흔히 하는 우스갯소리로 셋째는 발로도 키운다고 하는데, 우리 셋째는 해당 사항이 없었다. 출산도 첫째 때만큼 힘들진 않았지만, 배 속에서 좀처럼 나오려고 하지를 않아서 2시간 동안 곧게 앉아 진통하며 애를 먹다 마취가 풀리는 정확한 시기에 갑자기 나와 출산의 고통을 모두 느끼며 힘들게 낳았다.

    모자동실을 하는 동안도 잠을 도통 푹 안 자고 30분마다 깨어나 우는 바람에 하룻밤 만에 엄마, 아빠를 녹다운시켜 버렸다.

    셋째는 몸조리를 제대로 하겠다는 일념으로 조리원에서 한 달을 채우고 나오려고 했지만, 엄마 손을 알아버린 녀석이 간호사님들을 너무 못살게 굴어서 조리원에서도 일주일이나 먼저 방을 빼고 쫓겨 나와야 했다.

집에 와서도 조리원에서 예상했듯이 15분 이상 자는 게 쉽지 않을 만큼 까다로운 녀석이었다.

그러나 이 모든 까다로움 속에서도 사랑스럽기는 더 말할 것이 없었다. 내리사랑이라고 내려갈수록 아기가 예쁜 건, 두 배, 세 배가 아니라 제곱으로 올라가는 것 같다. 누나들도 속상한 것이 많을 텐데도 별 내색 없이 아기를 너무나 예뻐해 줬다.

예쁨을 많이 받아서 그런지 아기는 태어나기 전 특훈이라도 받은 것처럼 애교가 차고 넘쳤다. 많이 예민했던 첫째 누나와 순둥이였던 둘째 누나를 꼭 반반씩 닮아 적당히 예민하면서 또 잘 놀았다.

어쩌면 셋째라 적당하다 느끼게 되는 엄마의 주관적인 의견일 수도 있다. 첫째 때는 모든 것이 미숙하기에, 아이의 예민함이 더 크게 느껴졌을 것이다.

남편도 셋째를 낳고서야 진짜 아빠다운 미소가 나왔다. 그 전에는 우리 둘 다 너무 어려 아이가 무엇이 예쁜지 잘 느낄 수가 없었다. 예쁘다고 느끼기 전에 너무 큰 부담이었기 때문이다. 대부분의 부모들이 느끼듯 하루하루 탈 없이 키우느라 정신이 없는 나날을 보내다 보니 어느덧 아이가 이렇게 커 있었다.

그런데 셋째를 보는 마음은 모든 것에 여유가 흘러나왔다. 앙, 앙 울어대는 모습도 어찌나 예쁘던지.

아내들은 자식에게 좋은 아빠인 남편을 미워하는 법이 좀처럼 없다. 내게는 좀 못한 남편이라도 자식에게 좋은 아빠라면 많은 것을 못 본 척 눈 감고 지나갈 수 있는데 남편들은 그 사실을 잘 모르는 것 같다.

남편이 셋째를 바라보는 눈빛만 봐도 나는 기분이 좋았다. 비로소 남편이 아빠가 된 것 같았기 때문이다.

세 아이 엄마의 현실

　셋째가 너무나 사랑스럽긴 했지만 그것이 세 아이를 키우는 어려움까지 삭제시켜 주지는 못했다.

　아기가 돌이 될 무렵까지는 어려움이 많았다. 첫째와 둘째 때와는 달리 아이를 낳고 곧장 산후조리원으로 가려고 했는데 출산한 병원과 근처 조리원에는 이미 자리가 다 차서 없다고 했다. 예약해 둔 조리원도 당장은 자리가 없었다. 급하게 자리를 구해 보니 1시간 거리인 광주에 있는 조리원밖에 선택의 여지가 없었다.

　첫째, 둘째는 산후 조리하는 엄마와 떨어지는 게 적응이 안 돼 할머니 댁에서 매일 엄마가 보고 싶다고 울었고, 나도 출산 후 우울한 마음에 아이들이 보고 싶어 자주 울었다. 엄마와 하룻밤 자겠다고 짐을 싸서 와 놓고도 조리원 분위기가 낯설어 한밤중에 아빠와 다시 돌아가는 해프닝도 벌였다.

집에 돌아온 후에도 날씨가 점점 추워져 아기와 외출이 쉽지 않았는데, 첫째와 둘째는 한참 나가 놀고 싶어 할 때였다. 엄마와 밖에 나가 노는 것이 익숙한 녀석들이었는데 엄마의 갑작스런 임신과 출산으로 1년 가까이 외출을 잘 못하니 힘들어했다. 아기가 잠깐 잠든 틈을 타서 CCTV 모니터를 들고 놀이터에 나가곤 했지만 금세 깨 버리는 아기 때문에 그네 타고 몇 번 왔다 갔다 하다 아쉽게 돌아오곤 했다.

그 기억이 많이 힘들었는지 둘째는 한동안 "엄마 또 아기 낳으면 안 돼." 하며 종종 내게 푹 안겨서 눈물을 보이곤 했다. 아이들은 아이들대로 힘들고, 나는 나대로 몸을 몇 개로 분리시킬 수 없어 힘들었다.

첫째가 학교에 들어간 이후로는 학부모 모임에 참석해야 했다. 학교 정보를 공유하기 위해 다른 아이 엄마들을 사귀는 일은 중요했는데, 갓 6개월이 된 셋째는 한참 낯을 가리며 엄마와 절대 떨어지지 않고 싶어 할 때였다. 처음 반 모임을 갔을 때 아기를 안고 온 엄마는 나 하나밖에 없었다. 늘 아기와 함께해야 해서 모든 모임에서는 일찍 자리를 떠야 했다. 학부모 행사 안내장이나 단톡방 알림이 날아올 때는 한숨부터 나왔다.

아기가 잘 땐 최대한 큰 아이들과 시간을 보내려 최선을 다하는데도 아이들 마음에 엄마의 부재로 인한 그늘이 보이면 '뭘 더 어떻게 해야 하나.' 싶어 앞이 막막하게 느껴졌다.

세 아이를 보다가 남편이 돌아오면 너무 힘들고 지쳐서 침대에 얼굴을 파묻고 혼자 서럽게 펑펑 울었던 날도 많다.

그러나 그 어묵 아주머니의 말대로, 세 아이가 함께 어울려 놀 때를 보면 세상 부러울 게 없을 만큼 마음이 충만하고 기분이 좋았다.

형제애

어느 육아서에서 형제가 셋 이상일 때부터 형제애가 생긴다는 글을 본 적이 있다. 셋을 키워 보니 정말 그렇다고 느낀다. 자녀가 둘일 때까지는 신경을 쓴다면 부부가 아이를 완벽에 가깝게 케어할 수 있다. 다른 말로 하면 아이들이 부모의 공백을 느낄 필요가 없다는 것이다.

그러나 셋부터는 아무리 노력해도 부모의 자리가 어딘가 비게 되어 있다. 여기에는 물리적인 공백뿐만 아니라 심리적인 공백도 포함된다.

처음엔 그런 공백이 아이들 마음에서 보일 때 나도 힘들고 아이들도 힘들었다. 그러나 시간이 갈수록 아이들 마음에 생기는 부재가 나쁜 것만이 아님을 깨닫게 되었다. 엄마로 채우던 마음의 공간에 부재가 생기자 처음엔 힘들어했지만 시간이 지날수록 그 자리를 형제들이 서로서로 조금씩 노력해 채워가는 것이 보였다.

언니가 동생에게 줄넘기를 가르쳐 주기도 하고, 누나가 화장실 간 엄마를 대신해 우는 아기 앞에서 노래하며 율동을 보여주기도 했다.

밖으로 나가 놀고 싶을 땐, 둘이 함께 손 꼭 잡고 나가 아파트 둘레를 빙빙 돌며 한참 자전거를 타고, 비눗방울 놀이를 하다가 들어왔다. 그 과정 속에서 완벽을 추구하던 나의 성향도 조금씩 나의 한계를 인정하고, 내가 할 수 없는 것은 내려놓을 수 있게 바뀌어 갔다.

형제애, 가장 가까이 있는 이를 불쌍히 여길 줄 아는 마음, 그리고 나의 근원인 부모님이 세상에서 사라진다 해도 내 편이 몇 더 남아 있다는 심리적 든든함, 엄마로서 나의 역할을 조금 내려놓고 보니 형제애가 참 귀하게 느껴졌다.

좋은 파트너들

세 아이 엄마가 되고 내 가치관에도 여러 변화가 생겼다. 그전에는 잘 벌어 잘 쓰고, 잘 돕고, 잘 살다 가는 지극히 내 가족과 나 중심의 삶이 관심사였다면, 세 아이를 낳은 후에는 사회 문제와 사회적 약자에게 더 많은 관심을 가지게 되었다.

위기상황이 닥쳤을 때, 아이가 많은 엄마는 조금 더 약자에 속하게 된다는 것을 본능적으로, 사회적으로 몸소 느끼게 되었기 때문이다.

결국 내가 약자가 되어 보니 약자를 생각하게 되었다. 점점 약자들도 함께 잘 살 수 있는 세상을 바라게 된다.

아이들은 이렇게 나를 힘들게 하고, 울게도 하지만,

또 나를 그보다 몇 배로 웃게 하고, 자라게 한다. 내가 사는 이유가 녀석들은 아니지만, 녀석들은 내가 세상에 보내진 목적 중에 매우 중요한 한 부분이다.

자녀는 내 삶의 무게이기도 하지만 또한 원동력이기도 하다. 녀석들만큼 나를 좋은 방향으로 자라게 하는 파트너는 지금껏 없었다. 좋은 파트너가 셋이나 된다는 것은 무겁지만 참으로 든든하다. 내 삶에 좋은 파트너가 많을수록 내가 가는 길이 더 나은 방향이 될 것은 틀림이 없기 때문이다.

어느새 나는 셋을 낳는 것을 독려하는 사람이 되었다. 셋이기에 느끼는 기쁨을 많이 나눌 수 있기를 바라기 때문이다.

키우는 게 쉽지 않다. 그러나 10년을 돌아보면 내가 했던 투자들 중에 이보다 값진 투자는 없었다. 녀석들은 내가 투자한 시간과 수고에 비해 너무 값진 수익이다. 앞으로 이 아이들의 값어치가 세상 속에서 더욱 값져 가기를 도우며 함께 갈 길에 설렌다.

　이 사회도 이런 가늠할 수 없는 투자와 수익의 값어치에 대해 소중히 여길 줄 아는 사회가 되어가길 소망한다.

천하무적
세 아이 엄마

제주와의 인연

결혼 후, 사는 것이 바빠 휴가도 제대로 다녀보지 못한 시간들이 3년쯤 흘렀을 때, 이렇게 살면 안 되겠다는 생각이 들었다. 여행 가서 3, 4일에 쓸 돈 100만 원 남짓이 아까워 여행은 생각도 못하다가 어느 날 용기를 냈다.

결혼하자마자 들었던 월 30만 원짜리 연금보험에 목돈이 조금 모였을 때, 100만 원을 중도 인출해 결혼한 지 4년째 되던 해 가을 처음으로 제주도로 가족여행을 갔다.

어린 시절 운동하느라 수학여행 한 번 가 본 적이 없던 터라 인생에 처음 제주에 간 것은 신혼여행 때였고, 두 아이, 남편과 함께 두 번째 제주를 찾게 되었다.

제주는 높은 산이 시야를 막지 않아 하늘은 더 가까운 것 같았고, 골목길들은 푸르고, 바다는 아름답다 표현하는 것이 아쉬울 만큼 눈부시기 그지없었다.

미국에서 자유롭게 지내던 시절에 대한 그리움이었는지 나는 제주가 그냥 좋았고, 그 이후로 매월 10만 원씩 따로 모아 1년에 한 번씩 꼭 제주로 여행을 갔다.

신랑은 여행지에서도 일 전화를 받느라 바쁠 때가 많았지만, 그럼에도 그 여행은 내가 일상을 버틸 때 큰 숨을 한 번 내쉬고 들이마실 수 있게 하는 힘이 되어 주었다.

여행지에서 보는 아이들의 웃음과 사진에 찍힌 나의 웃음, 그리고 여행을 할수록 조금씩 바뀌어 가는 남편의 가치관들은 1년을 모아 며칠 만에 써 버리는 이 일이 낭비가 아니라 수익성 높은 투자임을 확신할 수 있게 해 주었다.

1년에 한 번씩 가족여행을 가는 우리를 부럽게 바라보거나 시샘하는 이들도 있었다. 그들은 '생활이 퍽 여유가 있어서 그렇게 사는구나.'라는 생각만 했지, 매달

무슨 일이 있어도 여행을 위해 10만 원씩 꼬박꼬박 저축하고 있을 거라고는 생각하지 못했을 것이다.

우리는 제주 여행에서 저렴한 잠자리를 택하고, 현지인들이 찾는 가성비 좋은 음식을 사 먹었다. 관광지는 좀처럼 다니지 않고, 자연 풍경이 있는 그대로 펼쳐진 곳에서 시간을 보내며 노는 것을 좋아했다.

그렇게 여행을 다니다 보니 여행에서 무엇을 보고, 무엇을 경험하는 것은 그렇게 중요하지 않다는 것을 깨달았다.

여행을 가는 이유는 여행지에서 접하게 되는 모든 환경과 상황에서 삶의 태도를 배우는 것이었다. 푸르른 바다는 아파트 거실 65인치 티브이로 더 가까이, 정확히 볼 수 있다. 그러나 그 바다 앞에 서서 바다 냄새를 맡고, 그곳에 몸을 담그고, 뛰어놀다, 추워서 오들오들 떨면서 찾아간 어느 민박집의 따뜻한 샤워기 물의 감사함은 티브이 화면으로는 절대 얻을 수 없는 것이다.

그렇게 세 번 더 제주를 갔다 온 후 셋째가 생겼고

그해는 만삭의 몸으로 제주에 갈 수 없어 근처 펜션에서 편안한 여행을 즐겼다. 다음 해 셋째의 돌 무렵에는 "에버랜드에 가 보고 싶어요. 반에서 에버랜드 안 가 본 아이는 저뿐이라고요."라는 초딩 딸아이의 강력한 요구로 용인에 여행을 가게 되느라 두 해를 제주에 가지 못하고 지나가 버렸다.

천하무적 세 아이 엄마

살아야겠다

그렇게 두 해를 제주에 가지 못하고 지나는 동안 셋째를 낳고 키우는 과정을 지나왔고, 내 마음은 급격한 심경의 변화를 겪고 있었다.

셋째를 낳은 후 비로소 아빠가 된 것 같던 신랑은 집에 있는 동안은 최선을 다해 나를 도와주었지만, 집에 있는 시간을 늘리려 노력하지는 않았다. 백일도 안 된 아기와 일곱 살, 다섯 살 아이를 혼자 돌보며 지칠 대로 지친 나를 알면서도, 자주 침대에 엎드려 혼자 소리 죽여 펑펑 우는 나를 알면서도, 집에 들어와 옷만 갈아입고 다시 나가는 남편의 모습은 내 마음속에서 남편에 대한 기대를 모두 접어 버리게 만들었다. 남편은 그런 일을 내가 느낀 것보다 훨씬 대수롭지 않게 생각하는 것인지, 아니면 나의 실망감을 알면서도 아내의 무너지는 마음보다 바깥일의 중요성이 더 큰 것인지 도무지 이해할 수 없었다.

사람의 다름은 이해하는 것이 아니라 인정하는 것이라고 하지만, 그 다름이 내게 너무나 큰 아픔이 될 때 사람은 인정이 아니라 체념을 하게 된다는 것을 배웠다.

어느 순간 그렇게 남편에게 마음을 닫았다. 내 반쪽이라 맹세한 그에게 마음을 닫고 보니, 그와 어떻게 한 집에서 계속 살아야 좋을지 모르겠다는 생각이 들었다. 며칠에 한 번 꼴로 이혼을 생각했다.

돌도 안 된 아기와 아직 어린 두 딸을 데리고 이혼을 생각하니 먹고살 일이 막막했다. '먹고살 걱정에 그와 계속 살아야 하는 건가?' 하는 생각은 나를 더 서글프게 만들었다.

마음이 닫히고 나니 크게 화내어 싸울 일도 없었다. 어느 날 담담하게 할 말을 하며 서로의 마음에 생채기를 만들다가 "당신이 나를 사랑하지 않는 거 알아. 그렇지만 지금은 아이들이 어려서 내가 혼자 살 수가 없어. 아

눈물만큼 자란 다 편

천하무적 세 아이 엄마

이들 좀 더 클 때까지만 기다려 줘. 그때 이혼해 줄게."
하고 남편에게 이야기했다. 남편은 무슨 말이냐며 나를
쳐다봤고, 그렇게 둘이 부둥켜안고 울었다. 서로 여전히
사랑했다. 어쩌면 그전보다 매일 더 깊게 사랑하고 있었
지만 서로 다른, 그 차이를 극복할 수 없어서 이별을 생
각하던 힘들었던 시간이었다.

그런 시간 속에서 내 안에 또 다른 깊은 고민이 생겼
다. 10년을 전업주부로 살다 보니 내가 없었다. 그게 희
생이라 생각했고, 희생이 내 사명이자 곧 기쁨이라는 생
각으로 살아왔는데 그게 아니라는 생각이 들었다. 아이
들 엄마, 남편의 아내, 며느리, 교회 집사 그 모든 것이
나였지만, 진짜 나는 어디에도 없다는 생각이 들었다.
살아온 시간들이 과연 잘 살아온 것인지 의심스러웠
고, 나는 어디로 갔는지 찾을 수 없었다. 자괴감이 몰려
왔다. '이러려고 나는 그토록 열심히 살았던 걸까. 그때
의 나는 어디 가고, 여기 남아 있는 나는 누구인가.'
매일의 일상이 숨이 막혀 견디기 힘들게 느껴졌다. 그

래도 버티고 살아보려고, 일을 가지면 나을까 싶은 마음에 이것저것 손에 잡히는 대로 알아보고 시작도 해 보았다. 그러나 그곳에는 내게 의미가 있는 일이 없었다. 깊은 갈증에 바닷물을 마시는 꼴이었다.

그러던 어느 날 스마트폰만 붙잡고 시간을 보내는 나를 보다 문득 제주를 가야겠다는 생각이 들었다. 제주는 늘 내게 숨을 쉴 수 있게 해 주던 곳이었기에 그곳에 가면 숨을 쉬며 살 수 있을 것 같다는 생각이 들었다.

어디를 가고 싶거나 무엇이 하고 싶을 때마다 변화를 두려워하는 신랑이 이번에도 내 마음의 발목을 잡았다. 그는 막아서지 않겠지만 함께 가겠다고 나서지도 않을 것이 분명했다.

그런데 이번에는 웬일인지 신랑 없이 나 혼자 가도 되겠다는 생각이 들었다. 아이 셋과 혼자 제주, '애도 세 번이나 낳았는데 무엇이 두려울까. 까짓것 하면 되지.' 싶었다. 그전에는 이혼하지 않은 상태로 남편과 떨어져 산다는 생각을 해 본 적이 없었는데 '어쩌면 그런 시간도 필요하겠다.' 싶은 생각도 들었다.

천하무적 세 아이 엄마

전부터 눈여겨보며, 부러워만 하던 선흘의 타운하우스를 검색했다. 마침 좀 전에 집 하나가 블로그를 통해 연세(제주는 1년 치 월세를 한 번에 받는 연세가 흔하다)로 나왔다. 글을 읽고 주인에게 전화를 걸었다. 이런저런 소개를 하고 간단한 설명을 들었다. 보증금과 연세를 합쳐 적지 않은 금액이다.

그해 들어 부쩍 어려워진 남편의 사업 때문에 새로운 일을 시작해야 하나 싶어 융통해 놓은 자금이 조금 있었다. 여러 가지 생각하고 따져 보자면 당연히 안 되는 일이었다. 남편의 일이 어려워졌으니 지금은 쓰기는커녕 벌어야 되는 때였다.

시부모님과 함께 하는 사업인데 이 시기에 내가 떠난다고 하면 분명 한바탕 난리가 날 것이 뻔했다.

막내는 이제 겨우 돌이 지나 아장아장 걷는 때였고, 무엇보다 '아이 학교를 전학시키는 일은 없어야 한다.'라며 고심 끝에 새로운 집으로 이사 온 지 불과 반년밖에 지나지 않았다.

고민하면 또 주저앉을 것이 눈앞에 보였다. 먼저 남편에게 전화해 이야기를 하니 언제나 그랬듯 그는 진심인지 반어법인지 모를 말로 "그래. 그렇게 해." 하고 말했다. 그 대답을 듣고는 다시 되묻지도 않고 바로 계약금을 부쳤다. 가계약도 아니고 온전한 계약금을 순식간에 입금했다. 계약서도 안 쓰고, 집도 안 보고, 불과 몇 시간 안에 결정한 일이었다. 완전히 충동적인 결정이었다.

계약금을 넣은 후, 예상대로 후회와 두려움이 몰려왔다. '혼자 가능할까? 지금 이 상황에 이렇게 큰돈을 쓰다니. 시댁에는 어떻게 이야기해야 할까? 주말부부 괜찮을까?' 그러나 이미 엎질러진 물, 주워 담을 수는 있겠지만 그 과정이 복잡했다.

'간다', '안 간다' 두 가지 생각이 마음속에 하루에도 수백 번씩 엎치락뒤치락하는 나날을 보내다 혼자 제주 답사를 다녀왔다. 집 계약서를 쓰고 집도 보고 와야 했다. 하루, 아이들을 아빠에게 맡기고 새벽같이 혼자 제주에

천하무적 세 아이 엄마

왔던 날, 흐리고 춥던 제주가 내 마음 같았다.

　지금은 이웃인, 당시 집주인을 만나 나누었던 대화가 좋았다. 목포에서 나는 늘 이방인 같았는데, 이곳에선 같은 마음을 가진 사람들을 만날 수 있을 것 같았다.

　당시 읽고 있던 오소희 작가의 책 속 "흰 돌은 검은 돌들 속에서 이방인 같지만, 세상 어딘가에 가면 흰 돌들이 모여 사는 곳도 있다."라는 구절이 위로가 되었다. 그날 함덕 바다가 보이는 카페에서 커피를 마시며 다짐했다.

　'이번에는 물러서지 않을 거야. 반드시 끝까지 가 볼 거야.'

왜 가는가

제주에 오는 일은 순탄하지 않았다. "왜 가?"는 만나는 이들마다 묻는 말이었는데, 그 뉘앙스는 '그러다 후회할 거야.'라는 것이었다. 가까운 이들의 반대가 가장 힘들었다. 나의 결정을 이기적이라 몰아세우기도 했고, 아이들을 살짝 불러 아이들의 속마음을 물어보고 겁을 주기도 했다.

나와 일대일로 앉아 이야기를 나누면 나를 설득할 수 있을 거라 생각하는 이들도 있었고, 그러다 내 이야기를 듣고 내 마음을 이해해 주는 이도 있었다.

그 모든 소모전이 힘들었지만, 반격하지 않았다. 시간이 해결해 줄 일이라 생각했고, 저들 입장에서는 그럴 만하다 이해가 됐다. 모든 인연을 좋게 남기고 싶었다.

천하무적 세 아이 엄마

결정에서 가장 중요한 것은 결국 나와 나의 가족이었다. 목포에서 나고 자란 아이들은 목포를 떠난다는 것, 아빠와 떨어져 살아야 한다는 것이 두려워 엉엉 울곤했다. 아이들 때문에 마음이 흔들려 한 번 계약을 파기하려 한 적이 있었다. 그때 집주인과 통화할 때 "여기 제주에 내려온 사람들, 다들 그런 고비를 넘어서 와요. 여기도 다 사람 사는 곳인데 너무 걱정하지 말아요. 어차피 계약금 넣었으니 안 되면 한 달만 살아보고 돌아가면 되지요. 일단 와서 살면 마음이 달라질 거예요." 하는 말이 위로가 되어 다시 용기를 냈다.

아이들과 남편에게 여기가 세상의 전부가 아니라는 것, 훨씬 더 넓은 세상이 있고 다양한 사람들이 산다는 것을 보여주고 싶었다.

그리고 내가 누구인지 다시 찾고 싶었다. 제주는 사라진 나를 찾게 해 줄 수 있을 거라는 막연한 생각이 들었다. 세상 모든 것이 그 존재에 목적이 있는데, 나는 내 목적을 모르겠다. '아이들을 키우는 일, 집에서 살림하는 일 그것이 내 목적의 전부일까? 그렇다면 내 마음은 왜 이리 매일같이 요동치며 나를 힘들게 하는 걸까? 신이 나를 이 땅에 보낸 목적, 나의 존재의 이유는 무엇일까?' 그것을 찾고자 하는 마음이 컸다.

남편은 다행히 처음부터 끝까지 나의 결정을 지지해 주었다. 그는 그런 사람이다. 모험을 꿈꾸지만 두렵기에 나에게 '먼저 가 보라. 뒤따라가겠다.'라고 할 때가 많다. 그리고 난 늘 그게 불만이었다.

후에 내가 왜 반대하지 않았냐고 물었더니 어차피 갈 거라는 것을 알았기 때문이란다. 이 사람은 나를 전혀 모르는 듯도 하고, 나를 나보다 잘 아는 듯도 한 아리송한 사람이다.

나는 그의 두려움을 알고, 그는 나의 무모함을 잘 안다. 그리고 12년 차 부부가 된다는 것은, 상대방의 장단점을 적당히 써먹을 줄도 알게 된다는 것을 의미한다.

5분 거리에 살던 시댁은 또 하나의 넘어야 할 산이었다. 설 명절 다음 날 제주에 내려왔는데, 어머님은 마

눈물만큼 자란다 편

천하무적 세 아이 엄마

지막 날 인사하는 우리를 보지 않으려 끝내 방에서 나오지 않으셨고, 명절을 맞아 친정에 들른 시누는 아이들을 보며 눈물지었다. 아버님과 아이들 고모부만 담담히 건강하게 잘 다녀오라 인사해 주셨다.

첫 시작

어렵고 힘들게 제주 땅을 밟았다. 첫날 육지에서 넘어온 우리 차는 꽉 채운 짐과 함께 절반의 확신과 절반의 불신까지 싣고 왔다.

오전 내내 배를 타고 넘어왔는데 아이들은 어딘가로 떠나는 것, 처음 타 보는 침대가 있는 커다란 배에 탄다는 것에 마냥 신났고, 신랑과 나는 어제 인사를 나누지 못한 어머님이 못내 마음에 남았다.

승합차에 짐을 가득 채워 싣고 왔는데도 도착해 짐을 풀고 보니 집이 텅텅 비었다. 그것이 내 마음 같음을 들키지 않으려 후다닥 대충 밥을 해 먹고 서둘러 함덕 바다를 보러 나갔다.

그 길에서 나는 스물두 살 미국 연구소에서 일하며 매일 보았던 지평선 너머로 지는 빨갛고 동그란 해를 보았다. 10년 만에 보는 모습에 막혔던 숨이 터져 나오는 것 같았다. 그때, 내가 왜 제주를 왔는지 알 것 같았다.

'아, 내가 저 해를 보러 여길 왔구나.'

그날, 지평선 너머로 지고 있던 그 해와 한없이 바람을 불어주는 함덕 바다는 내게 잘 왔다고, 고생했다고, 살아가라고 말해 주는 것 같았다. 그날 나는 함덕 바다와 첫눈에 사랑에 빠져 여태 헤쳐 나오지 못하고 있다.

제주살이

 그렇게 제주에 온 지도 어느덧 만 2년이 지나 3년 차에 접어들었다. 그동안의 날들이 모두 좋았다고만은 말할 수 없다. 천하무적이라 생각했던 애 셋 엄마는 제주살이 2년 차인 작년, 몸이 더 이상 못 버티고 자주 아팠다. 하루가 멀다 하고 아이들과 자연으로 뒹구는 날들이 행복했지만 그만큼 육체적으론 힘들었기 때문이다. 행복이 큰 만큼 지불해야 하는 대가도 컸다.
 그 과정에서 천하무적이라며 떠들던 오만함은 쉬어 갈 줄 아는 겸손함이 되었다.

 매해가 끝날 때마다 다시 돌아가야 하나 고민에 빠진다. 지난해 말, 오랜 고민의 과정을 지나서 이번 해에도 우리 가족은 이곳에 더 머무는 것을 택했다.

다음 발걸음이 어디로 향할지 우리는 아직 예측할 수 없다. 한 해씩 그해를 계획해 볼 뿐이다.

다만, 여전히 이곳의 노을은 우리를 감동시키고, 맑은 바다는 큰 숨을 쉬게 해 주며, 거친 바람은 살라고 말해 주니 아직은 떠날 때가 아닌 것 같다.

이곳을 떠나서도 검은 돌 세상의 흰 돌로도 꿋꿋이 잘 살 수 있을 거라는 확신이 들 때, 그때쯤 이곳을 떠나게 되지 않을까 싶다.

눈물만큼 자란다면

천하무적 세 아이 엄마

변화의 바람

나의 변화

처음 내려올 때만 해도, 한 달이 목표였다. 한 달만 살아보고 수많은 이들의 조언처럼 내 결정이 잘못된 것이라 여겨지면 돌아갈 생각이었기에 아이들과도 그렇게 약속했다.

그러나 만 2년이 지난 지금, 아이들도, 나도 여전히 너무나 즐겁게 잘 지내고 있다. 물론 힘들 때가 없는 것은 아니었다. 아빠의 부재는 시간이 갈수록 더 크게 다가와 우리 가족 모두의 제일의 고민 과제이고, 일자리의 부재, 세 아이 픽업, 아이들이 원하는 교육, 전학에 따른 적응 기간, 날씨, 비싼 물가와 임대료 등등의 단점들이 있다.

꼭 그때 들었던 말처럼 이곳도 사람 사는 곳이다. 늘장단점이 공존하고, 선택이 존재하는 사람 사는 곳 말이다. 어떤 장점을 택하고 어떤 단점을 감싸 안을 것인가 하는 선택에 의해 머물 것인가, 돌아갈 것인가를 결정하게 된다.

여유 있게 살되 욕심 없이 살려면 남을 수 있고, 반대를 원한다면, 혹은 더 나은 대안을 찾는다면 떠날 수도 있다.

삶에 변화의 바람이 불 때가 있다고 한다. 바람은 불어와 떠나가기 마련이다. 그 바람을 탈 것인가, 주저하며 떠나보낼 것인가 하는 것은 개인의 선택이다. 변화의 바람은 순풍이 아니지만, 내가 자진해 내리지 않는다면 계속해서 불어 나를 변화의 장소로 데려다 줄 것이다.

변화의 바람은 자주 불어오지 않고, 우리 삶을 역행해 거슬러 가지 않는다. 나는 변화의 바람을 탔고, 제주에 내렸다. 지난 2년의 시간 동안 많은 선택의 기로들이 있었고 그럼에도 아직 이곳에 남아 있으니 내게 불어온 변화의 바람을 탄 결과에 만족하고 있다 말할

변화의 바람

수 있을 것이다.

변화의 바람을 타고 제주에 와서 이전의 삶과 비교해 변한 것들이 많이 있다.

먼저 글을 쓰게 되었다. 원래 글 쓰는 일을 좋아했지만 글을 써야지 하고 생각해서 컴퓨터에 앉으면 왜인지 한 글자도 써 내려갈 수 없을 때가 많았다. 한 페이지를 겨우 쓰는 것이 고역처럼 느껴져 나는 글을 쓸 수 없나 보다 하고 생각했다. 그러나 이곳에서 큰아이 학교 학부모 동아리를 통해 글을 쓰기 시작하며, 이혜영 작가님의 "막 쓰세요." 하는 말에 정말 막 쓰게 되었다. 그 이전에도 똑같은 말을 들었지만 그땐 막 쓸 수가 없었다. "막 써요." 하는 말이 내게는 "막 쓰되 잘 써요." 하는 말로 들렸기 때문이다. 말을 받아들이는 내 마음밭이 변했기 때문이라 생각한다.

둘째로 운동을 시작하게 되었다. 어릴 적부터 시키는

대로, 곧이곧대로 하는 것에 대해 알레르기가 있는 나의 모난 성격 탓에 센터에서 꾸준히 운동하는 것이 참 힘들었다.

그렇다고 혼자서 꾸준히 해 나갈 마음과 몸의 근력은 전혀 없었다. 그러다 지금 사는 마을에서 좋은 개인 레슨 운동 선생님을 만나게 되었고, 일생에 한 번이라 마음먹고 투자를 했다. 4개월가량은 일대일 레슨을 받았고 이후에는 그룹 레슨에 꾸준히 참여하고 있다.

비록 3개월만 하면 얻을 수 있을 줄 알았던 비키니 몸매는 아직 멀었지만, 매일 운동을 하는 습관을 얻었다는 것만으로도 이번 투자는 가치가 충분했다고 생각한다.

셋째는 노는 것을 즐거워하게 되었다. 나는 참 놀 줄 모르고, 열심히 몰두하는 것이 쉬는 것이라 여기던 사람이었다. 그러나 올 여름 아이들도 없이 혼자 바다에 나가 스노클링을 하고, 혼자 바다 곁에 앉아 커피를 마시며 멍하게 앉아 있거나 산더미 같은 빨래를 뒤로하고 애들과 뒷마당에서 물놀이를 한다. 그리고 그것이 즐겁게 느껴진다. 잘 노는 일은 사람을 치료한다.

마지막으로 가장 중요하다 말할 수 있는 변화는 사람을 많이 만났다는 것이다. 흰 돌이 흰 돌을 만난 듯이 마음을 열고 대화를 나눌 이웃이 많아졌다. 작가 선생님과 운동 선생님만 보아도 그러하다. 이곳에서 만나는 이들은 대부분 조금씩은 다르지만 비슷한 일을 겪고, 비슷한 생각을 가지고, 비슷한 과정을 거쳐 제주에 왔다. 그래서 많은 부분이 처음 만남에서부터 통하는 일이 많다. 그래서 마음을 터놓고 이야기를 나누고 사람을 사귀는 기회가 더 많다.

떠나야 하나 고민할 때마다 제주에 머무르기를 결정하게 되는 가장 큰 이유가 그것이다.

'이런 만남을 벗어나서도 자유롭게 숨 쉴 수 있을 만큼 나는 단단해졌는가?'

아직은 자신이 없다.

가족의 변화

가족들에게도 많은 변화가 있었다. 일과 자신을 동일시하던 남편은 자신과 일에 대해 돌아보기 시작했다. 자신이 두려워하는 것이 일상의 변화라는 것을 발견했고, 일과 자신을 분리할 줄 알게 되었으며, 떠나도 죽지 않는다는 것과 자신도 노는 것을 즐긴다는 것을 깨달았다.

주말마다 힘들 거 없다며 노는 기분으로 제주를 온다고 한다. 왕복 10시간 가까이 배를 타거나 때론 비행기를 타고 주말을 보내러 매주 왔다 간다. 그렇게 묵묵히 자기가 맡은 자리를 지켜 가는 그에게도 참 고맙다.

제주에 온 지 두 달쯤 지났을 무렵, 문득 남편이 보고 싶다는 생각이 들었다. 그러면서 그런 생각을 한 것이 결혼 이후 처음이라는 것을 깨닫고 새삼 놀랐다. 그리고 요즘은 주중에 남편이 부쩍 보고 싶고 돌아가는 뒷모습은 늘 아쉽다.

큰아이는 죽을 때까지 목포에 살 거라 외치더니 이제는 전학 와서 재미있다고 말하며 새로운 것에 대한 많은 호기심을 가지고 책을 많이 읽게 되었다.

뉴질랜드에 가고 싶고, 미국도 가고 싶고, 캐나다도 가보고 싶단다. 제인 구달이 만나고 싶다고 말하며 갈수록 엄마가 잘 모르는 책 속의 이야기를 알려 준다. 이곳에서 자신의 사회를 잘 만들어 가고 있는 것을 보면 죽을 때까지 목포에만 살겠다던 딸이 맞나 싶은 생각이 든다.

작은아이는 요즘 언니 따라 책 읽기에 열심이다. 독서하는 아이를 만들려면 일단 책이 있고 티브이는 없어야 하는 게 맞는 것 같다. 티브이가 없으니 아이들은 시간 날 때마다 책을 집어 든다.

녀석은 처음에 잘 맞지 않는 어린이집을 만나 새로운

환경에 적응하느라 가장 힘들어했다. 그러다 어느 날 파업선언을 하고는 아무 기관도 다니지 않고 집에서 엄마와 함께 4개월가량 지냈다.

이후 다시 유치원을 다니게 되어 졸업까지 잘 마쳤다. 어딜 가나 사람을 좋아해 언니, 동생, 친구를 잘 사귀는 녀석은 집 나가면 친구 집인 이곳이 너무 좋단다.

막내는 모래사장, 오름, 바다, 잔디밭, 마당, 어디에서든 자유롭게 놀며 킥보드를 타 보려 애쓰고 있다. 처음 올 때 17개월이라 아장아장 걷는 걸음마다 따라다녀야 했는데, 이젠 페달 없는 두발자전거도 잘 타는 다섯 살 어린이가 되어 온 동네를 누빈다.

2년의 시간이 흐르면서 명절을 계기로 시부모님과 대화를 나누게 되었다. 고부간의 오해에 대해서도 풀어내고, 마음을 많이 누그러트리셨다. 서로 마음이 무겁고 힘든 시간이었지만, 필요한 시간들이었다. 때론 인간관계에서 노력보다 진심과 시간, 기다림이 필요할 때가 있다는 것을 배우게 되었다.

변화의 바람

용기

　돌아보니 변화의 바람은 생각보다 거세고 버티기 쉽지 않았다. 그 바람 속에 있는 시간들이 힘들어 멀미가 났던 적도 많다.

　그러나 변화의 바람이 우리를 더 나은 삶의 방향으로 인도해 주었다는 것을 부인할 수 없다. 여기에는 단순한 장소에 대한 것뿐만 아니라 마음에 대한 것도 포함된다.

　처음엔 이 일이 완벽히 충동적인 결정이라 생각했다. 스스로도 미쳤다고 여겼다. 그러나 곰곰이 시간들을 보내고 보니 세상에는 그 어떤 충동도 충동적으로 일어나지 않는다는 생각이 들었다.

　모든 충동은 내재된 에너지가 쌓이고 쌓여 폭발할

때 일어난다. 화산이 충동적으로 터지는 것이 아니듯
이 우리 삶에 일어나는 충동도 마찬가지이다.

　모든 충동을 다 터뜨리며 살 수는 없지만 언제까지
억누르고만 살 수도 없는 것이다. 그리고 그렇게 충동
이 폭발할 때 대체로 변화의 바람이 함께 분다.

　당신의 삶에도 변화의 바람이 불거든 용기를 내기 바
란다. 용기는 두렵지 않음이 아니라 두려움에도 행동
하는 것이다.

　주저하는 사람은 머물 것이고, 용기를 내는 사람은
나아갈 것이다.